ちくま文庫

終わりよければすべてよし

シェイクスピア全集33

松岡和子 訳

筑摩書房

All's Well that Ends Well

目次

終わりよければすべてよし

人物

ルシヨン伯爵夫人（未亡人）　バートラムの母
バートラム　その息子、ルシヨン伯爵
[*1]ヘレン　伯爵夫人の侍女
リナルドー　伯爵家の執事
ラヴァッチ　伯爵家の道化
パローレス　バートラムの連れ
小姓
フランス王
ラフュー卿
デュメイン兄弟　[*2]G卿とE卿
鷹匠　フランス宮廷の紳士
四人のフランスの貴族
フィレンツェ公爵
フィレンツェの未亡人
ダイアナ　その娘
マリアナ　彼女らの隣人
兵士1　通訳を務める

バートラムの召使い

従者たち、フランスの貴族たち、兵士たち、太鼓手、ラッパ手、旗手、フィレンツェの市民たち

場所　ルシヨン、パリ、フィレンツェ、マルセイユ

＊1　Helen　日本語訳ではこれまで「ヘレナ」とされてきたが、一六二三年出版の全集、第一・二つ折本（以下F）でHelenaとあるのはト書きに数回だけで、台詞の中では一度の例外を除きすべてHelenである。近年の原文テクストでは、本訳の底本にしたアーデン・シェイクスピア、第三シリーズ（アーデン3）をはじめ、Fの表記を踏襲する傾向にある。訳者自身「ヘレナ」に馴染んできたのだが、本訳ではFとアーデン3に従った。

＊2　Fとそれを踏襲するアーデン3のト書きに従った。

第一幕

第一場　ルシヨン[*1]、伯爵邸の一室

若いルシヨン伯爵バートラム、その母である伯爵夫人、ヘレン、ラフュー卿が登場、みな喪に服している。

伯爵夫人　息子を送り出すのは、私にとって二人目の夫の埋葬です。

バートラム　僕にとっても、母上、立ち去るのは、父上の死に改めて涙することです。でも国王陛下のご命令には従わねばなりません、いま僕の後見人[*2]は陛下です、いつまでも変わらずお仕えしなくては。

＊1　Roussillon　フランス南部ピレネー山脈と地中海に接する地方。古くはフランス王国とアラゴン王国との国境地域だった。英語読みでは「ロシリオン」。

＊2　I am now in ward (to his majesty).　封建時代には、貴族の後継ぎが未成年（二十一歳以下）で父を失くした場合、王が後見人になった。バートラムの年齢は明示されていないが、後見人を必要とするので二十一歳以下と考えられる。

ラフュー　奥方様、王はあなたには夫となり、伯爵、君には父親になってくださるでしょう。誰に対しても常に善をほどこすお方だ、[*1]君にも必ず良くしてくださる。君のように立派な人物に会えば、善意の持ち合わせのない者でも親切心が湧き起こる。まして有り余る善意をお持ちの王だ、親切になさらぬはずがない。

伯爵夫人　陛下のご快復の見通しは？

ラフュー　王は主治医たちを退《しりぞ》けてしまわれた、ご快復の希望をもって彼らの治療をお受けだったが、その日々はご苦痛を引き伸ばし、希望を失うだけで何の効果もないとお思いなのです。

伯爵夫人　[*2]この娘《こ》には父親がおりました——ああ、「おりました」と過去形で言うのは何と悲しい！——誠実で立派な人柄で、医者としての腕も立派でした。その腕が存分に発揮されたなら、生《せい》あるものは不死となり、死神は仕事がなくて遊び暮らしたでしょう。王のためにも生きていてほしかった！　そうすれば王のご病気のほうが死んだでしょうに。

ラフュー　その方のお名前は、奥方様？

伯爵夫人　有名でしたよ、医術の世界では、またそうあって当然

＊1
He that so generally is at all times good must of necessity hold his virtue to you, whose worthiness would stir it up... このyouをバートラムと取って「君にも…」と訳したが、バートラムとルシヨン伯爵夫人の二人とも解釈できる（RSC版はそう取っている）。その場合の訳は「あなた方にも必ずよくしてくださる。お二人のように立派な人物なら…」となる。

＊2
This young gentlewoman ヘレンの社会的地位の「ジエントルウーマン」というのは特定しにくい地位で、「この若い侍女」とも「この若い淑女・貴婦人」とも取れる。

の人でした、名前はジェラール・ド・ナルボンヌ[*1]。

ラフュー　たしかに優れた医者でしたな、奥方様。ごく最近、王も称賛と哀悼《あいとう》のお気持ちをこめて話しておられた。医学が死に対抗できるなら、永遠に生きるに足る手腕の持ち主だった。

バートラム　閣下、王はなんという病気にかかっておいでなのですか?

ラフュー　[*2]瘻腔《ろうくう》です、閣下。

バートラム　聞いたことがない病名だ。

ラフュー　あまり知られてないといいのだが。――で、こちらはジェラール・ド・ナルボンヌのお嬢さんですか?

伯爵夫人　ひとりっ子ですので、父親の死後、私が養育を任されました。この娘《こ》が親から受け継いだ気質は、きちんと教育すればきっと立派に育つでしょう、教育は生まれながらの才能に磨きをかけますから。[*3]逆に、先天的な汚い精神の持ち主が後天的な優れた才芸を習得した場合、その人に向けられる褒め言葉には残念という思いがこもります。才能自体は優れていても、それを身につけた人の本性《ほんしょう》がそれを裏切って表に出てしまうからです。この子

＊1
Narbonne　フランス南西部、スペイン国境近くの都市。

＊2
fistula「瘻」という語は「胃瘻（いろう）」や「腸瘻（ちょうろう）」などで知られているが、瘻腔は血管、腸、または他の管腔臓器間などで、体内と体外との間や、二つの中空空間の間の異常な接続のこと。怪我や手術によって引き起こされるが、感染や炎症によって起こることもある。長い管状の腫瘍とも言える。シェイクスピアの時代には膿瘍一般を指した病名だったようだ。材源の『デカメロン』では王の胸部にできている。

＊3
Where an unclean mind

の才能には、不純なものがないだけに優秀さも際立ちます。この子は実直な性質を受け継ぎ、善良さをそなえています。

ラフュー　奥方様の褒め言葉を聞いて涙ぐんでいる。

伯爵夫人　若い娘への賞賛を一番長持ちさせる保存液は、涙という塩水です。この娘《こ》は、父親を思い出すたびにああして悲しみに打ちひしがれ、生き生きとした頬の色をなくしてしまう。——もう泣かないで、ヘレン。さあさあ、いい加減になさい、でないと、本当に悲しんでいるのではなく、そう見せかけていると思われますよ——

ヘレン　[*1]見せかけてもいますが、本当に悲しんでもいます。

ラフュー　ほどほどの嘆きは死者への義務ですが、度を越した嘆きは生きている者の敵だ。

伯爵夫人　[*2]生きている者が嘆きを敵に回した場合、過度に嘆けばたちまち命取りです、人にとっても嘆きにとっても。

バートラム　母上、祝福をお与えください。

ラフュー　伯爵夫人の今のお言葉はどういう意味だ？

伯爵夫人　お前に祝福を、バートラム、そして姿かたちと同じく

carries virtuous qualities... かなり補足して訳したが、要はunclean mindは生得の先天的な資質であり、virtuous qualitiesは教育や養育によって習得する後天的なもの。人格形成には前者＝natureと後者＝nurtureのどちらが優勢かというのは当時盛んに論じられた問題。

＊1
I do affect sorrow indeed, but I have it too. 謎めいた言い方。「父親の死を悲しんでいるふりをしているが、バートラムとの別れを本気で悲しんでいる」ということか。

＊2
If the living be enemy to the grief, the excess makes it soon mortal. 「生きている者が嘆きを敵

行いもお父様のようでありますよう。高貴な血筋とあとで身に
つけた美徳とが
競ってお前を支配し、お前の善良さがお前の生まれの良さと
混ざり合いますよう。すべての人を愛し、少数の者を信頼し、
誰にも害を加えぬこと。敵は腕力でではなく
威力で抑え、友の命は命がけで守りなさい。
無口だと責められるのはいいけれど、
饒舌だと非難されてはなりません。そのほか天がお前に
授けようと思《おぼ》し召し、私の祈りが呼び寄せるものは
何であれ、お前の頭上に降り注ぎますよう。さようなら、ラフュー卿、
この子は宮廷人《きゆうていじん》としてはまだ未熟です。
よろしくご指導ください。

ラフュー　*伯爵が惜しみなく愛をお示しになれば、最良の事に恵まれましょう。

伯爵夫人　天の恵みがありますよう！――さようなら、バートラム。

にすれば、過度はそれ（嘆き）をすぐさまmortalにする」ということだが、最後のmortalをどういう意味に取るかで文意が変わってくる。①死ぬ定めの、必滅の、②致命的な、必殺の。①を採れば「過度に嘆けば、嘆きはすぐさまひとりでに死滅する」となり、②を採れば「過度に嘆けばすぐさま嘆いた者に死をもたらす」となる。このように意味が正反対になるようなことを伯爵夫人が言ったので、ラフューはHow understand we that?「我々はあれをどう理解するか？」と言うのだと思う。主語がweなのは、この一行をヘレンに向かって言っているのか？　ちなみにこのthatをバートラムが割って入り伯爵夫人の祝福を求

バートラム　お心に生まれる最良の願いが母上の僕《しもべ》となりますよう。

（伯爵夫人退場）

（ヘレンに）母上はあなたの主人だ、お慰めし、大切にしてくれ。

ラフュー　さようなら、可愛いお嬢さん。お父上のご名声をおとしめぬよう。（バートラムとラフュー退場）

ヘレン　ああ、それだけならどんなにいいか！　私が思っているのはお父様じゃない、*面影に誘われて涙があふれて止まらない、お父様が亡くなったときだってこんなに泣きはしなかった。お父様ってどんなふうだったかしら？　もう忘れてしまった。私の胸に浮かぶのはバートラムの顔だけ。もうおしまいだ。生きていられない、駄目、バートラムが居なくなったら。これじゃあまるで、天に輝く星に恋して、その星と結婚したがるのと同じだわ、あの人はそれほど遥かな高みにいる。私があの人の軌道に乗るのは無理、手の届かない

めたこととする解釈あり。

＊一三頁の注

He cannot want the best that shall attend his love.「彼は、彼のloveにattendするであろう最良のものに欠くことはない」という非常に曖昧な文で、the bestとattendが何を意味するかで全体の含意が変わってくる。「彼の愛」を王への愛に限定すれば「陛下に忠勤を励めば最良の報いがあるだろう」となる。この劇の最終的な結末への伏線ともみなせるので、曖昧なまま訳した。

＊

These great tears grace his remembrance more/ Than those I shed for

まばゆい光を浴びるだけで満足しなくては。
高望みの恋はこんなふうに苦しんで自滅する。
ライオンに恋して番《つが》いになりたがる雌鹿《めじか》は
死ぬのが定め。でも楽しかった、辛《つら》かったけれど、
私はいつもあの人を眺めて、そばに坐って、
あの弓なりの眉や鷹のようにきりっとした目や巻き毛を
心の写生帖に描いていたから——心はあの素敵な顔の
ありとあらゆる線や特徴を刻むことができる。
でももう行ってしまった、私の恋心はあの人を偶像と
崇め、残った思い出を神聖なものにする。あら、誰だろう?

パ*ローレス登場。

バートラムと一緒に行く人だ。それだけでこの人が好きになる、
でも有名な嘘つきだってことを私は知っている、
それに途方も無い馬鹿で、とびきりの臆病者。
そういう悪徳はこの人に似合って様《さま》になっている、

him.　例によってわざと曖昧な言い方をして（させて）いる。直訳すれば「この大量の涙は、私が彼のために流したあの涙よりも、彼の思い出を名誉あるものにする」。この二つの「彼」を誰と取るか、意見が別れる。①両方ともヘレンの父とする、②前者をバートラム、後者を父とする。②を採った。

＊ Paroles　先行訳（坪内、工藤、小田島）における表記はペーローレスであり、『固有名詞英語発音辞典』によれば[pərɔ́li(ː)s]または[peiroules]で、最初の音はパとペの中間の曖昧音。だが、明らかに「言葉」を意味するフランス語のparole（パロール）が元になって

だから鋼《はがね》のように謹厳な美徳が寒風に骨身をさらしているとき
に
　悪徳は堂々と上座《かみざ》に坐っていられる。それに、裸の賢者が
　　着飾った愚か者にかしずくのはよくあること。

パローレス　ご機嫌よろしゅう、お妃様。
ヘレン　ご機嫌よろしゅう、お殿様。
パローレス　とんでもない。
ヘレン　こちらこそ。
パローレス　処女のあり方について瞑想中ですか？
ヘレン　はい。[*1]あなたには兵隊じみたところがおありだから、お尋ねします。男は処女の敵です、私たちはどうしたら防御できるでしょう？
パローレス　男を締め出しなさい。
ヘレン　でも襲ってきます、処女性は勇敢ですが、守るとなるとか弱いのです。武装して抵抗する方法を教えてください。
パローレス　そんな方法はない。[*2]男は、処女の前に陣取ってトンネルを掘り、ズドーンと爆破して腹ぼてにするから。

いる名前なので、拙訳では「パローレス」とする。

＊1
You have some stain of soldier in you.「兵隊じみたところ」と訳したのはa stain of soldierで、このstainは「汚れ、しみ、汚点」という意味だが、ここでは「気味、痕跡」という意味で使われている。ただし第一義にある否定的なニュアンスがこもっている。

＊2
Man, setting down before you, will undermine you and blow you up.　以下、パローレスとヘレンとの舌戦に使われる言葉は、戦争とセックスの両義を持つ。その極みがblow up（吹き破る、爆破する、ふくらませる）とblow down（吹

ヘレン　天よ、トンネルを掘ったり爆破したりする男から哀れな処女をお守りください。処女が男を爆破する戦略はないのですか?

パローレス　処女が仰向けに倒れたら、その途端に男はズドーンといく。もっとも、あなた方が自ら突破口を開いて男を爆死させても、結局あなた方の城は陥落です。この大自然という共和国では処女性を後生大事にするのは得策じゃない。処女を失えばそれによって処女が増えるのは理の当然。そもそも処女喪失がなければ処女の種《たね》を仕込むことはできない。あなた方処女は、処女を作り出す素材で出来ていて、いったん処女を失えば、十人の処女が戻ってくる。そんなもの、いつまでもしまいこんでおくと永遠に失くしますよ。伴侶としては冷たすぎる。別れちゃえ!

ヘレン　私、もう少しがんばってみます、たとえ処女のまま死ぬとしても。

パローレス　お話にならん、自然の法則に反する。処女性を弁護するのはあなた方の母親を非難することだ、親不孝にもほどがある。処女とはいわば首吊り自殺するやつです、処女のまま終わる

き倒す、性行為の体位をとる、しぼませる)。

のはおのれを殺すことですから。捨てばちになって自然の秩序を乱す罪人《ざいにん》として、教会の墓地ではなく穢《けが》れた十字路に埋められますよ。処女性なんてもんはチーズと同じだ、虫が湧き、外側の皮だけ残して食い散らされ、*1強情《ごうじょう》なプライドを養ったあげく死んでいく。おまけに処女はわがままで、高慢で、ぐずで、自惚れのかたまりだ、これは聖書が第一番に禁じる罪です。そんなもの大事にとっとくことはない、損するだけだ。捨てちゃえ！　そうすれば一年以内に倍の身二《みふた》つになる。結構な利殖だ、元金《がんきん》は減らないんだから。手放しちゃえ！

ヘレン　自分の好きなように手放すにはどうすれば？

パローレス　そうだな、決まってるでしょう、悪さをすりゃいい、処女なんか好きじゃないって男を好きになるんです。処女ってのは、そのまま寝かせておくとくすんでくる商品だ。長く置いとけばそれだけ値打ちが下がる。売れるうちに売り払いなさい。需要に答えること。処女は年取った宮廷人とおんなじだ、かぶった帽子は流行遅れ、華やかだがもう流行《はや》らない。帽子に刺したブローチや*2爪楊枝《つまようじ》はすっかり廃《すた》れて見向きもされない。甘いデーツだっ

*1
...and so (virginity) dies with feeding his own stomach. 先行訳では「自分の胃袋を食いつくして死ぬ」と解釈されているが、feed は eat とは違って「食べさせる、食わせる、餌や食べ物を与える」という意味。また、ここの stomach は pride の意。

*2
十六世紀後半にイタリアからイングランドに入ってきた爪楊枝（toothpick）は、大陸旅行のしるしとして一時貴族間で流行した。『ジョン王』一幕一場の終わり近く、私生児が独白で言及している（ちくま文庫版二二頁）。

てそうだ、ほっとくとトウのたった処女のほっぺみたいに萎びてくるから、さっさとパイかポリッジに入れて砂糖がわりにした方がいい。処女は、トウのたった処女は、しなびたフランス産の梨だ、見るからにまずいし、食ってみりゃ汁気《しるけ》がない。昔はうまかっただろうが、もうしなびた梨だ。そうなったらどうします？

ヘレン　いいえ、私の処女性はまだ――

宮廷ではあなたのご主人に無数の恋人ができるでしょう、
*恋人への喩《たと》えや呼びかけは、母よ、姫よ、友よ、
不死鳥、隊長、憎い敵、
導き手、女神、主君、
顧問官、裏切り者、愛しい人、
僕の慎ましい野心、高慢な謙遜、
僕の耳ざわりなハーモニー、甘美な不協和音、
僕の信仰、僕の可愛い不吉な星。目隠しした
キューピッドを名付け親にして、
愛らしくて馬鹿馬鹿しい愛称を山ほど
恋人に捧げるでしょう。そうしたらあの人は――

* A mother, and a mistress, and a friend,/ A phoenix, captain, and an enemy から His faith, his sweet disaster まで、ここに列挙されている恋人の呼称のどれが誰の何という詩に出てくるか、アーデン2の脚注は明らかにしている。

どうなるのだろう。神よ、あの人に幸せを授け給え！
宮廷は学びの場、だからあの人は――
パローレス　あの人とは？
ヘレン　私が幸せを願う人です。残念だわ――
パローレス　何が残念なんです？
ヘレン　幸せを願っても、その願いには実体がなくて、
相手に感じ取ってもらえないから。私たち貧しい生まれの者は
卑しい運命の星のせいで願いの中に閉じ込められ、
恋しい人のためにどんなに強く願っても
その願いは自分の胸ひとつに収めておくしかない、
感謝されることすらない。

小姓登場。

小姓　ムッシュー・パローレス、伯爵様がお呼びです。
パローレス　ちっちゃなヘレン、さようなら。＊あんたのことを覚えていれば、宮廷に行っても思い浮かべてやろう。

＊ If I can remember thee, …
ここからパローレスがヘレンに対して使う二人称代名詞は上から目線の thou (thy, thee) になる。

ヘレン　ムッシュー・パローレス、あなたは慈悲深い星のもとに生まれたのですね。

パローレス　そう、軍神マルスの星、火星のもとに。

ヘレン　やっぱりね、軍神の足もとに。

パローレス　なぜやっぱりなんだ？

ヘレン　あなたはいつも戦争の足に踏んだり蹴ったりされておいでだから、軍神マルスのもとに生まれたに違いありません。

パローレス　しかも火星が天空で前進中に。

ヘレン　むしろ後退中にだと思いますけど。

パローレス　なぜそう思うんです？

ヘレン　戦いとなるとあなたはぐんぐん後ろにさがるから。

パローレス　有利な位置に立つためですよ。

ヘレン　こっちが安全だと恐怖が言えば、確かに逃げるのが有利ですね。それにしてもあなたの勇気と恐怖心は、飛んで逃げるのにぴったりな翼を作ってくれましたね。よくお似合いだこと。

パローレス　今は山ほど用事があって、冴えた返事もできないが、いずれ完璧な宮廷人として戻ってきて、あんたに自然なふるまい方を教えてやろう。そうしたらあんたも*1宮廷人の助言を受け入れられるようになり、どんな忠告があんたにぐっと刺さるか分かるだろう。でなきゃせっかくの忠告の有り難味も分からぬまま死に果てるし、無知のまま身を滅ぼすよ。さようなら。暇つぶしにはお祈りが一番だ、友達のことを思うのはつぶす暇がないときにしとくんだね。いい夫をとっ捕まえて使いこなしな、そいつがあんたを使いこなすように。　（退場）

ヘレン　人を治癒する力は往々にして私たち自身の中にある、
でも私たちは天から授かるものだと思っている。
運を司《つかさど》る天も私たちが自由に動く余地を与えてくれる、
ただし、ぐずぐずしていると引き戻される。
*2私の恋人があんなに高く昇れるのは何の力のせい？
いくら見上げても、高すぎて私の目は届かない。
でも自然は、身分がかけ離れた二人でも似た者同士として
結び合せ、そして口づけさせる、等しく育った者として。
突飛《とっぴ》な試みは実現できないと思う人は、そのための苦労を
常識で測ったり、一旦決まったことは覆《くつがえ》せないと

＊1
「受け入れる（理解する＝understand）」「ぐっと刺さる（thrust upon）」「死に果てる（die）」などすべて性的な意味がこもる。

＊2
What power is it which mounts my love so high...? このmy loveを「私の愛」「私の恋する心」ではなく、「私の愛する人、私の恋人」すなわちバートラムと解釈した。

みなしたりする。どんな女でも自分の取り柄《え》を見せようと努力すれば、恋人を取り逃すはずがない、きっと。王のご病気――私の計画は失敗するかもしれない、でもやると決めたからは、やり抜くしかない。

（退場）

第二場　パリ、王宮。

ファンファーレ。手紙を持ったフランス国王、貴族たち（G卿、E卿）、従者たち登場。

王　敵対するフィレンツェ人とシエナ人は、これまで五分と五分に渡り合ってきたが、今なお互いに一歩も引かぬ戦いを続けている。

G卿　報告によればそのようで、陛下。
王　いや、紛《まぎ》れもない事実だ。親友のオーストリア公が
この書面にそうしたため、ただちにフィレンツェが
わがフランスに援軍を求めてくるだろうと警告してくれた。
それに関してオーストリア公は、予《あらかじ》め
判断をくだしており、フィレンツェの要請を拒否して
欲しいらしい。
G卿　公爵はこれまで陛下に向けてあり余るほどの
愛と英知を示してこられました、そのお言葉は
信用なさって大丈夫でしょう。
王　彼の助言が鎧《よろい》となり毅然《きぜん》とした返事ができた、
フィレンツェ公はここに来る前に門前払いだ。
しかし我が国の紳士たちの中にトスカナ*の戦役に
加わりたい者がいるなら、フィレンツェと
シエナのどちらの側について戦おうと自由だ。
E卿　それは
心身の鍛錬と冒険に飢えた者にとって

＊　イタリア半島の中西部に位置し、ティレニア海に面する地域。フィレンツェもシエナもこの地域にある。

よい訓練の場になるでしょう。

王　何ものだ、あれは？

バートラム、ラフュー、パローレス登場。

G卿　ルシヨンの若き伯爵、

バートラムです、陛下。

王　若々しいその顔はお前の父親に生き写しだ。

気前のいい大自然が、急がず念入りに

お前を作り上げたのだな。父の美徳の数々も

受け継いでいますよう！　パリへよく来てくれた。

バートラム　感謝と忠勤を陛下に捧げます。

王　ああ、今この体があの時のように頑健《がんけん》であれば

どんなにいいか、お前の父と私が仲良く一緒に初陣《ういじん》を飾り、

兵士としての腕を競い合った時のように。戦略に関する

彼の洞察力は抜群で、第一線の勇士たちに

師と仰がれたものだ。長く務めてくれたが、

彼も私も忍び寄る老齢には勝てず、
やつれて満足に動くこともできなくなった。だがこうして
＊君の良き父上の話をしていると若返るな。若いころの彼は
実にウィットに富んでいた、今どきの若い貴族たちもよく
冗談を飛ばすが、放った揶揄《やゆ》が自分に跳ね返ってきても気づか
ず、
軽薄な言動を武勲で埋め合わせることもできない。
父上は宮廷人の鑑《かがみ》だった、誇り高くとも人を見下《みくだ》さず、
頭は切れても人を傷つけることはなかった。そういうことが
あったとすれば、同等の地位にある者に絡《から》まれた時だけだ。
彼の道義《どうぎ》心《しん》は時計のように、
いつ非難の言葉を吐くべきかを正確に知っており、
彼の舌はその指示に従った。目下の者を
目上の者として扱い、
そびえ立つ梢《こずえ》のような頭を深々と下げ、
身分の低い者たちに誇りを持たせた、謙遜した態度で
貧しい者たちを褒め讃えたからだ。ああいう男こそ

＊ 王がバートラムに対して使う二人称代名詞は、ここまでは目下の者に対する thou (thy, thee) だったが、ここからは丁寧な you (your, you) に変わる。

いまの若者たちの手本となるにふさわしい、
しかし連中が彼を見習おうと付いて回っても、
追いつけないどころか後ずさりするような醜態を
さらすだけだろう。

バートラム　後世に残る父の名声は
その墓標よりも陛下のお心に豊かに宿っています。
父の墓碑銘《ぼひめい》に刻まれたことの裏付けとして、
陛下のお言葉ほど確かなものはございません。

王　ああ、彼のそばに行きたい！*　いつも彼が言っていたのは
――
あの声がいまも聞こえるようだ。彼の心地よい言葉は
耳元に撒《ま》き散らされるのではなく、そこにしっかり接木《つぎき》されて
育ち、実をつけたものだ。「もう生きていたくない」――
お楽しみも終盤に差し掛かり、いよいよおしまいとなると、
彼は決まってふさぎ込み、こう始まった、
「もう生きていたくない」、そして言うのだ、「私はいわば
油が切れて火の消えたランプの芯だ、黒く固まり、

＊ Would I were with him! 直訳すれば「彼と共に居られたらいいのに！」、つまり「死んで、彼のところへ行きたい」ということ。病気が治る見込みはないと思っている。

燃え続けようとする若い芯の邪魔になる。若い連中は新しいもの以外はすべて軽蔑し、流行の服を生み出すことしか頭にない。しかも流行より早く気が変わる」。そこで「生きていたくない」と来る。私も、あとに残りはしたが、彼のあとについて行きたい、もう蜜蠟《みつろう》も蜜も持ち帰れないのだから、さっさと巣から解放してもらい、ほかの働き蜂に席を譲りたいのだ。

E卿　陛下は愛されておいでです、席をお譲りになれば、最も愛の薄い者でさえ、真っ先に悲しみましょう。

王　私は場所ふさぎだ、分かっている——ところで、伯爵、父上の主治医が死んでどれくらいになるかな?非常に有名な男だったが。

バートラム　六カ月ほどに、陛下。

王　いま生きていれば診《み》てもらうのだが。腕を貸してくれ。——医者どもはそれぞれ違った治療を施《ほどこ》し、私は疲れ果てた。生命力と病気とが私の余命について暇に任せて論争中だ。よく来てくれた、伯爵、自分の息子と思って大事にしよう。

バートラム　ありがとうございます、陛下。

（ファンファーレ。一同退場）

第三場　ルシヨン、伯爵邸

伯爵夫人、執事リナルドー、道化ラヴァッチ登場。

伯爵夫人　話を聞きましょう。あの娘《こ》がどうしたの？

リナルドー　奥様、常日頃わたくしが奥様のご機嫌にかないますよう心がけて参りましたことは、これまでのわたくしの精勤ぶりからお汲み取りいただきとう存じます。自分の実績を自分の口から吹聴《ふいちょう》するのは、慎《つつし》みに欠けることですし、自分の上げた清らかな成果に泥を塗るようなものですので。

伯爵夫人　その悪党はここで何をしているの？（ラヴァッチに）全部出ておゆき。お前についていろいろと苦情が聞こえてくる、全部信じるわけではないけれど。信じないのは私がのんきだから、だってお前がそういうことをやりかねない馬鹿だということも、そういう悪さをやる能力があることも分かっていますからね。

ラヴァッチ　お分かりでしょう、奥様、俺が貧乏人だってのは。

伯爵夫人　よく分かります。

ラヴァッチ　いや、奥様、よくない、貧乏人だってのはよくない。もっとも金持ちの大半は呪われてるけどね、ところで、奥方様のご好意から俺が世間に出て所帯を持ってもいいと仰せなら、お女中のイズベルとだったらウマが合うんですがね。

伯爵夫人　ここを出たら物乞いするしかないでしょう？

ラヴァッチ　俺が乞いたいのは奥方様のご好意だ。

伯爵夫人　どんな好意？

ラヴァッチ　イズベルと俺とで致《いた》す行為だよ。奉公は世襲じゃない、奉公人に遺産はない。思うに、この身から出た子孫を持たなきゃ神様のお恵みはない。ガキはお恵みだって言いますから。

伯爵夫人　なぜ結婚したいの？　訳を言って。

ラヴァッチ　この哀れな肉体が要求するんだ。肉が俺を駆り立てるんだ。悪魔に駆り立てられたら行くっきゃないって言うでしょう。

伯爵夫人　あなた様が結婚なさりたい訳はそれだけですか？[*1]

ラヴァッチ　いえ、実は、他にも神聖な理由がいろいろあります。

伯爵夫人　それを俗世間に知らしめていただけますか？

ラヴァッチ　俺は邪悪なクズでしたよ、奥様はじめ血と肉のある人間と同じようにね、だからそれを悔いるために結婚するんだ。

伯爵夫人　お前の場合邪悪な行いを悔いるより結婚を悔いるのが先でしょう。[*2]

ラヴァッチ　奥様、俺には友達がいないんで、女房のために友達を作りたいんです。

伯爵夫人　そういう友達はお前の敵ですよ、馬鹿ね。

ラヴァッチ　奥様の見方は薄っぺらだ、本物の友達についちゃ何

＊1　Is this all your worship's reason?　伯爵夫人は奉公人のラヴァッチに対し、馬鹿丁寧な言い方をしてからかっている。「あなた様」と訳したyour worship'sは普通に言えばyouであり、伯爵夫人はこの箇所以外では彼に対してはthou (thy, thee) を使っている。

＊2　Thy marriage sooner than thy wickedness.「あわてて結婚し、ゆっくり悔め (Marry in haste, repent at leisure.)」という諺を踏まえている。

もお分かりじゃない。だってそういうワルは俺が疲れてうんざりしてることをやりに来てくれるんですよ。俺の畑を耕す男は、俺の馬どもを休ませてくれて、おまけに収穫は俺のもんだ。俺が寝取られ亭主なら、そいつは俺の雑役夫《ざつえきふ》。俺の女房を喜ばす男は、俺の血と肉を大事に養ってくれる。俺の血と肉を大事に養ってくれる男は俺の血と肉を愛してくれる、俺の血と肉を愛してくれる男は俺の友達だ。しこうして、俺の女房にキスする男は俺の友達だ。それが男のありのままの姿だってことを甘んじて受け入れれば、結婚なんざちっとも怖くない。肉を食うピューリタンの若造も魚を食うカトリックの爺さんも、宗旨の違いで心は別々だが、頭は同じだ。どっちも寝取られ亭主の角を生やして、その辺の鹿みたいに角突き合ってるのさ。*

伯爵夫人　お前はそうやっていつまでも口汚い悪態をつき通すつもり?

ラヴァッチ　俺は予言者ですよ、奥様、でもって単刀直入に真実を語るんだ。

（歌う）

＊ They may jowl horns together like any deer i'th' herd. 寝取られ亭主（男）の額には角がはえるという俗信があった。カッコー（cuckoo）と寝取られ男（cuckold）、間男されること（cuckoldry）は音が似ているのでしばしば並べて歌われたり語られたりする。

俺は歌うよ、何度でも、
男に真《まこと》を教えてやる、
結婚するのは運まかせ
寝取られるのは自然の理《ことわり》。

伯爵夫人　おさがり。あとで話しましょう。

リナルドー　奥様、よろしければ、この男に命じてヘレンをお呼びになっては。わたくしがお話ししようとしたのはあの人のことですので。

伯爵夫人　ちょっと、私の侍女に話があると言ってきなさい――ヘレンのことよ。

ラヴァッチ　（歌う）

「この美しい顔がもとで」と王妃へカベは言ったとさ、*
「トロイはギリシャに滅ぼされたのか？
愚かな、あまりに愚かなこと、
これがプリアモス王の喜びか？」
王妃はため息ついて立ち尽くし、
王妃はため息ついて立ち尽くし、

＊ヘレンという名前が出たので、トロイのヘレンの歌につなげている。原文では「と彼女は言った（quoth she）」だが、文脈上トロイ戦争時のトロイの王妃ヘカベの言葉なので、名前を明示した。トロイの王と王妃には息子が十人おり、そのうちの一人であるパリスがスパルタ（王妃）のヘレンを略奪したことがトロイ戦争の発端。伯爵夫人のコメントから推測すると、ラヴァッチは歌詞の中の良い子と悪い子の比率を逆転させたと思われる。恐らく元歌の一人の悪い子とはパリスのこと。分かりやすくするために「ヘカベの息子九人は…パリス一人が悪い子でしょう」を補足した。

それからこうも言ったとさ、
「九人《くにん》の子供が悪くても一人が良けりゃ、
十人に一人は良い子ということ」

伯爵夫人　まあ、十人に一人は良い子ですって？　ヘカベの息子九人は良い子で、パリス一人が悪い子でしょう。歌詞を捻《ね》じ曲げちゃいけないわ。

ラヴァッチ　男女入れ替えれば十人に一人は良い女って話ですよ、奥様、俺は歌の中身を純化したんだ。神様がこの世を年がら年中そんなふうにしてくださいますよう！　俺が牧師さんだとしても、[*1]十人の女のうち善良なのが一人いれば御《おん》の字だ。[*2]「十人に一人だと、そんなにいるのか？」と牧師は言うね。まぶしく光るほうき星が天を走るたびに、あるいは地震が起きるたびに、よい女が生まれるとしたら、男が当たりくじを引く確率は上がるだろう。ただし、良い女を引き当てないうちに、そいつの心臓が抜き取られちまうかもな。

伯爵夫人　さっさとおさがり、言いつけたとおりにするんです

＊1
…if I were the parson,…
次に出てくる「十分の一税」もそうだが、ラヴァッチの言うことは、当時のイングランドにおける英国教会の制度で、parson は教区牧師 rector や vicar など、英国協会の禄付き聖職者の称。

＊2
tithe-woman　「十分の一税」とか「十分の一献金」と訳される tithe は、教区教会の牧師らの生活維持のために物納された。典型は豚で tithe-pig と言われた。ラヴァッチはそれをもじって tithe-woman と言っている。彼の意図は単に「十分の一」。

よ！

ラヴァッチ　男が女の命令に従わなきゃならんとは情けない、だがかまうもんか。[*1]真っ正直な俺はピューリタンじゃないが、それでもかまうもんか。高慢な心が黒いガウンをまとっても、上から謙虚の白い衣をかぶってりゃごまかせる。じゃあ、行ってくるよ、ヘレンをここに寄越しゃいいんだな。　（退場）

伯爵夫人　で、何の話？

リナルドー　奥様があの方を深く愛しておいでのことは存じております。

伯爵夫人　ええ、愛してます。[*2]あの娘《こ》は父親から私に遺贈されたようなものですし、あの娘自身、たとえほかに利点がなくても、いま受けている以上の愛を求める正当な権利がありますからね。私にはあの娘に支払った分より借りているほうが多いのです。これからもあの娘が要求する以上に払ってゆくつもりよ。

リナルドー　奥様、わたくしはついこの間、あの方のそばにおりました。あんなに近くにいると分かったらお嫌だったでしょうが。一人きりで、何やらひとり言を言っていました、自分の言葉を自

＊1
Though honesty be no puritan, yet it will do no hurt; it will wear the surplice of humility over the black gown of a big heart. 要は、女に命令されたくないが、従順なふりをして言うことをきく、ということ。英国国教会の牧師は白いサープリスを着ることが義務付けられており、厳格なピューリタンであるカルヴァン派の牧師は黒いガウン（black Geneva gown）をまとったことが踏まえられている。

＊2
Her father bequeathed her to me. 不思議な言い方。なぜならbequeathという語は「（人に動産や金を）遺言で譲る、遺贈する」という意味だからだ。

分の耳にというふうに。あの方のために誓って申しますが、誰かに聞かれるとは夢にも思っていなかったでしょう。内容は、あの方がご令息を愛しているということです。で、こう言いました、「運命の女神は女神とは言えない、二人をこんなに違う身分にするんだもの。キューピッドも神ではない、地位が同等でなければ力を貸してくれないんだもの。ダイアナも処女たちの女王ではない、純潔を誓った哀れな家来が不意を打たれて捉まってもすぐに救い出してはくれないし、あとから身代金を払って受け出してもくれないのだから」と、まことに辛そうに悲しみを吐露していました。若い娘があんなふうに嘆くのは聞いたことがありません。そこで一刻も早く奥様にお伝えするのが義務だと心得まして。これがもとで何か不幸なことが起こらぬとも限りません、ご承知おきいただくのが何よりだと。

伯爵夫人　正直に知らせてくれましたね、これは内密にしておくのですよ。前からそう思える節《ふし》がいろいろあったのだけれど、あやふやなものだから半信半疑だった。もうさがっていいわ。これはあなたの胸ひとつに納めておいてね。正直に心を配ってくれて

以下この台詞には金銭的・財政的なメタファーが使われている。

ありがとう。あとでまた話しましょう。

（リナルドー退場）

ヘレン登場。

私も若いころはあんなふうだった。
大自然から生まれた私たちには、この苦しみはついて回る。
この恋の棘《とげ》は青春というバラにはつきものだ。
私たちの体に血が流れているように、この気持ちも血に流れている。
恋の激しい情熱が若い胸に刻まれるとき、
こういう兆候が自然の真実として現れる。
過ぎ去った日々を思えば、誰もがこのように
過ちを犯したものだ、過ちとは気づかぬままに。
あの娘《こ》の目は恋の病に罹《かか》っている、いま私にはそれが見える。

ヘレン　何かご用でしょうか？

伯爵夫人　ねえ、ヘレン、私はあなたの母親ですよ。

ヘレン　私のご主人です。
伯爵夫人　いいえ、母です。
なぜ母じゃだめなの？　私が「母親」と言ったとき、
蛇を見たような顔をしたわね。そんなにギクッとするなんて、
母という言葉に何があるの？　いいこと、私はあなたの母親、
あなたは私のおなかに宿った者たちの名簿に載せてあります。
養子への愛情は実子への愛に劣らないし、よその種子《たね》から
育った枝を選んで接ぎ木したら、見事にその幹の
一部になる、そういうことはよくあるでしょう。
私はあなたのために陣痛を味わったわけではないけれど、
母としてあなたを心配しているとはっきり言えます。
まあ、いやだ、この子ったら！　私がお前[*1]の母だと言うと、
お前の血は固まってしまうの？　どうしたの、
目の周りを虹色に染めたりして、
涙の雨の先触れかしら？
――ねえ、泣きそうなのは、私の娘だから？
ヘレン　そうではないからです[*2]。

＊1
伯爵夫人がヘレンに対して使う二人称がここで you (your, you) から thou (thy, thee) に変わる。
＊2
That I am not. 省略されているのは your daughter で、ヘレンは義理の娘・嫁 (daughter-in-law) のつもりで言っている。

伯爵夫人　でも私はあなたの母ですよ。

ヘレン　お許しください、奥様。

ルシヨン伯爵が私のお兄様だなんてあり得ません。

私は取るに足らぬ家の生まれ、あの方は名誉あるお家柄、

私の祖先には名声も地位も無く、あの方のご先祖は代々貴族。

あの方は私がお仕えする大切なご主人です、そして私は

あの方の召使いとして生き、僕《しもべ》として死にます。

私のお兄様であってはならないのです。

伯爵夫人　私もあなたの母であってはならないの？

ヘレン　いえ、私のお母様です、奥様。本当にそうだったなら

――

本当に私のお母様であって、私のご主人の若様が私の兄でなければ――

どんなにいいか！　でも、奥様が私たち二人のお母様であっても

構いません、私があの方の妹でさえなければ、それなら

天にも昇る心地《ここち》でしょうから。私があなたの娘であれば、

あの方は私のお兄様になるしかないのですか?

伯爵夫人　いいえ、ヘレン、あなたが私の義理の娘になれば大丈夫。
[*1]まさかそんなこと考えてないでしょうね！　娘だ母だというたびに
あなたの脈は上がるらしい！　まあ、また真っ青になって？
薄々思っていたとおりだわ、やっぱり恋しているのね。これで
分かった、あなたが一人きりでぽつんとしている訳も、
塩辛い涙の源《みなもと》が何かも、それは誰の目にも明らかです。
あなたは私の息子を愛している。そうじゃないと言っても、
熱い思いが顔に出ているのだから、嘘をついたと
恥をかくだけですよ。だから本当のことをおっしゃい、
その通りだと言いなさい――だってほら、[*2]お前の左右の頬が
お互いに告白し合っているし、お前の両の目だって
見ていますよ、恋はお前の立ち居振る舞いにははっきり現れていて、
おかげで態度がしゃべってしまう。かたくなにお前の

*1
God shield you mean it not!　直訳すれば「神があなたをそういうつもりにさせませんよう！」となり、多様な演じ方が考えられる。言葉どおりにヘレンの恋に反対する、反対のふりをしてヘレンの気持ちを確かめる、など。

*2
ヘレンに対してまた thou を使う。

舌を縛りあげているのは地獄のような罪の意識だけです、真実が探り当てられないようにと。言いなさい、そうでしょう？

もしそうなら、ずいぶん事をもつれさせてしまいましたね、そうでないなら、違うと誓いなさい。どちらにしろ、私は真実を言うよう命じます、天に代わってお前のために働くつもりだから。

ヘレン　奥様、お許しください。

伯爵夫人　息子を愛していますか？*

ヘレン　お許しを、気高い奥方様。

伯爵夫人　息子を愛しているの？

ヘレン　奥様は愛していらっしゃらないのですか？

伯爵夫人　はぐらかさないで。私の愛の源は世間も認める母と子の絆です。さあ、さあ、あなたの気持ちを打ち明けなさい、隠そうとしても熱い思いはすっかり顔に出ているのだから。

ヘレン　では白状します、

＊ヘレンに対してまたyouを使っている。

こうして高い天と奥様の前に跪《ひざまず》き、
まず奥様に、それから高い天に向かって、
私はご子息を愛しています。
私の身内は貧しくとも正直でした、私の愛もそうです。
どうかお気を悪くなさいませんよう、私が愛しても
あの方の傷にはなりません。私はほんの少しでも厚かましい
お願いをして付きまとったりしませんし、あの方にふさわしい
資格を身につけるまであの方を手に入れたいとは思いません、
どうすればその資格が身につくか分かりませんけれど。
分かるのは、愛しても無駄、努力しても望みはないということ
です。
それでも私は、何を流し込んでも漏れてしまうこの大きな篩《ふるい》に
いつまでも愛の水を注ぎ続けます、その水は
いつまでも尽きることはありません。こうして私は
*インド人のように、間違った信仰をいだいて太陽を
崇めています。見下ろす太陽はその崇拝者のことなど
何も知らない。誰よりも大切な奥様、

* Indian-like　ニュー・ケンブリッジ、リヴァーサイド、ペンギン、アーデン2など各版はこれを「アメリカインディアン」「ウェスト・インディアン、アメリカの先住民」「新世界の原住民」などとしているが、アーデン3によれば、当時東西両インドを踏査したイングランド人は、すべての「野蛮人」を太陽崇拝者とみなしたという。

あなたの愛する方《かた》を私が愛するからといって、
あなたの憎悪と私の愛を戦わせないでください。奥様の
年輪を重ねた淑徳はお若いころの操《みさお》の証ですが、
そんなご自身がもし、まことの恋の炎に身を焼き、
処女神ダイアナと愛の女神ヴィーナスが溶け合ったように、
清らかに欲望し熱烈に愛したことがおありなら、ああ、どうか
憐れみをおかけください、見返りはないと分かっているのに
慕わしい気持ちを捧げずにいられない者に。
＊探し求めるものを見つけ出そうとせずに、
謎を秘めたまま死場所《しにばしょ》でうっとりと生きる者に。

伯爵夫人　あなたはこのところ——本当のことをおっしゃい——
パリ行きを考えていたでしょう？

ヘレン　はい、奥様。

伯爵夫人　どうして？　真実を言いなさい。

ヘレン　神のお恵みにかけて誓い、真実を申します。
ご承知のとおり、父は私に処方箋を残してくれました、
その稀《まれ》にみる効力は実証済みで、父が研究と経験を積み、

＊ That seeks not to find that her search implies,/ But riddle-like lives sweetly where she dies. この前の二行もそうだが、この二行は脚韻を踏み、ヘレン自身のことを言っているのにsheと三人称で語っている。自分を突き放し、本心を伯爵夫人に知られたくないからか。直訳すれば「彼女の探索が意味するものを見つけ出そうとしない者、だが彼女の死ぬところで謎のように甘く生きる者」と、かなり謎めいている。

万能の治療法としてまとめたものです。父が私に
言い渡したのは、細心の注意を払ってそれを
保管しておくようにということです、その処方は
世間で認められている以上に大きな効能があるからと。
中の一つはすでに試され、書きとめられており、
国王のご病気を治せる治療法なのです、
王はもう死期が迫っていると言われていますが。

伯爵夫人 あなたのパリ行きの動機はそれだけ？ 答えなさい。

ヘレン 私のご主人であるご子息のおかげで思いつきました。
でなければ、パリも治療法も王様も、
たぶん私の頭のなかの自問自答に
入ってこなかったでしょう。

伯爵夫人 でもヘレン、本気なの、
仮にあなたが治療を申し出たとしても、
王がそれをお受けになると思う？ 王も主治医たちも
意見は同じ、王は医師たちには治せないとお思いだし、
医師たちもお治しできないと思っている。その人たちが

貧しい無学な娘の言うことを信用するかしら、医学の専門家たちが
学識を総動員したあげく匙を投げ、病状が悪化の一途《いっと》を
たどるままにしているというのに？
ヘレン　この処方には
医術の頂点を極《きわ》めた父の技量も及ばぬ
何かがこもっています、ですから父の優れた治療法は
天にある最も幸せな星々に祝福され、私の遺産として
世に残るでしょう。どういう結果になるか
試しに行くことを、奥方様がお許しくださるなら、
私は陛下がお治りになるその日その時まで命がけで
お仕えします、そのためなら死んでも本望《ほんもう》です。*1
伯爵夫人　自信はあるの？*2
ヘレン　はい、奥様、あります。
伯爵夫人　ではヘレン、愛をこめて許します、
費用も従者も私が出しましょう、宮廷に着いたら
私の親類縁者によろしくね。私は家にいて、

*1
I'd venture / The well-lost life of mine on his grace's cure/ By such a day, an hour. 直訳すれば「これこれの日これこれの時刻までの陛下の治癒に、大義のためなら失う価値のある私の命を賭ける」。
*2
ここからヘレンに対して thou を使う。

お前の試みに神の祝福があるよう祈っています。
明日、出発なさい。忘れないでね、
手助けできることは何でもしてあげますからね。

（二人退場）

第二幕

第一場　パリ、王宮

ファンファーレ。
フランス王とG卿、E卿が、フィレンツェ戦出陣のため暇乞《いとまご》いに来た青年貴族たちと共に登場。バートラム、パローレス、従者たちが続く。

王　元気でな、若き貴族諸卿、いま言い聞かせた戦場での心得を忘れるな。*そして、そちらの諸卿も、どうか元気で。私の忠告を皆で分け合うのだ。その全てを双方共に聞き入れるなら

＊　出陣する兵士たちは二つのグループに分かれている。一方はフィレンツェ側につき、もう一方はシエナ軍に加わって戦うことになっている。

私のはなむけを皆が受け取り、
どちらの側にも十分役立つだろう。

G卿　我々の望みはただ一つ、
軍人として身を立てて帰国し、
お健《すこ》やかな陛下にまみえることです。

王　いやいや、それは無理だ。もっとも私の心は
この命が病《やまい》に包囲されているのを
認めようとしないのだが。元気でな、若き諸卿。
私が生きようと死のうと、立派なフランス人の
息子であってくれ。*1イタリア北部の貴族たちに——
ただし崩壊した神聖ローマ帝国の名残《なごり》でしかない連中は
どうでもいいが——君たちがやって来たのは*2名誉に言い寄る
ためではなく、名誉と結婚するためだということを
見せつけてやれ。最も勇敢な遍歴《へんれき》の騎士さえ怯《ひる》むような場で、
手柄を立てて名を上げ、喝采《かっさい》を浴びてほしい。では、さらばだ。

G卿　ご健康が陛下の僕《しもべ》として御意《ぎょい》のままになりますよう!

王　イタリア娘には用心しろ。噂によれば

*1

Let higher Italy/ (Those bated that inherit but the fall/ Of the last monarchy) see that you come/ Not to woo honour but to wed it. ...monarchy)までは、どのフレーズにも諸説あるややこしい文。まず higher Italyは、①地理的にイタリアの高い地域、イタリアの北部すなわちフィレンツェやシエナのあるトスカナ地方、②社会的に高位にあるイタリアの貴族。Those batedは①batedをomitting those. excepting thoseと解釈し、that inheritする者たちを除いて、②bateされた者たち、衰退した者たち(没落した者たち)と解釈し、higher Italy(この場合、意味は②)と内容的に同じ者を指

我々フランス男はイタリアの娘たちに迫られると
嫌とは言えぬそうだ。従軍しないうちに
捕虜にならぬよう気をつけろ。
G、E卿　ご訓戒、肝《きも》に銘じます。
王　さらばだ。(従者たちに) ここへ来い。[*1](従者たちと舞台隅へしりぞく)
G卿　(バートラムに) ああ、伯爵、我々は出陣し、あなたは残られる、お気の毒だ！
パローレス　伯爵が悪いんじゃないんですよ、火花なみの伊達男《だておとこ》くん。
E卿　残念だな、素晴らしい戦争なのに。
パローレス　実に結構なものです。私は何度も行きました。
バートラム　僕は命令されて残るんだ、「若すぎる」とか、
「来年なら」とか、「早すぎる」とかあれこれ言われて。
パローレス　[*2]やる気があるなら、なあ、坊や、
思い切ってこっそり抜け出せ。
バートラム　ここにいたら、大理石の床で靴をキュッキュと

す。本訳では、前半を①と②を一つにまとめ、後半は①を採った。②は冒頭部分の含意と矛盾すると思われるので。

＊2
この三行（原文）のFのパンクチュエーションはNot to woo honour, but to wed it. when/ The bravest questant shrinks: find what you seek,/ That fame may cry you loud: で、本訳の底本にしたアーデン3や、参照したアーデン2、ニュー・ケンブリッジ、RSC、オックスフォードの各版もFを踏襲している。が、ニュー・ペンギン版、フォルジャー・ライブラリー版、NHKシェークスピア劇場版（ピーター・アレグザンダー版）、ノートン・シェイクスピア版は、

鳴らし、女のリードで踊るはめになる、しまいに
名誉は売り切れになり、腰に差すのはダンス用のお飾りの
剣だけになってしまう。決めた、抜け出そう、人目を盗んで。

G卿　そういう盗みは名誉です。

パローレス　盗んじまえ、伯爵。

E卿　私はあなたの共犯者です、ではご機嫌よう。

バートラム　あなたとは一心同体、だからこの別れは身を切られる拷問です。

G卿　ご機嫌よう、隊長。

E卿　さようなら、ムッシュー・パローレス。

パローレス　高潔な英雄ご両名、私の剣とあなた方の剣は親族です、ピカピカ光って火花を散らす。鋼《はがね》の根性《こんじょう》のお二人にひと言。*スパイニアイ連隊にスピューリオという隊長がいて、左の頬のここに戦争の紋章たる傷あとがある。そこをぐさっとやったのは、他でもないこの剣です。その男に、私が生きていると伝え、どう答えるか見てきてください。

G卿　承知しました、隊長。

wed it のあとにフルストップを置き、When から新しい文にして、shrinks のあとにカマを入れている。本訳では questant と seek が一種の縁語であるとも考え、後者のパンクチュエーションを採った。

四九頁の注

＊1

Fにはこのト書きはなく、また王の退場を示すト書きもない。グローブ座の舞台は広かったので、このような動きをしたと推測されている。

＊2

An thy mind stand to't, boy, steal away bravely.

パローレスとバートラムの関係はなかなか摑みにくいのだが、少なくともここでは彼に対し you ではなく

パローレス　軍神マルスが君たち新米軍人を贔屓《ひいき》にしてくれますよう。

（二人の貴族退場）

（バートラムに）どうします？

バートラム　*王にお仕えするよ。

パローレス　あの貴族たちにはもっとちゃんと礼を尽くしなさい。引っ込み思《じ》案《あん》だなあ、あれじゃ別れの挨拶としては冷たすぎる。もっと愛想よくするんです。何しろあの連中は現代って帽子につけたブローチみたいなもんだ、流行の最先端で時代を引っぱってる。食うのも、しゃべるのも、動くのも、一番人気のある星の感化を受けてるんだから、たとえ悪魔がリードしてても、連中のダンスには付き合うべきだ。さあ、追いかけて、もっと長々と別れの挨拶をしてきなさい。

バートラム　よし、そうしよう。

パローレス　立派な連中だ、たくましい剣士になるでしょう。

（バートラムと共に退場）

thouという距離が接近した二人称を使い、「坊や（boy）」と呼びかけている。

五〇頁の注

＊
Spinii　具体的に何を指すのか不明で、訳者が当たった原文テキストの注にも説明はない。ただし、ＮＨＫシェークスピア劇場版巻末の語彙解説には「おそらくイタリア語のspina＝棘、刺激物、spinosa＝ちくちくする、厄介な」とある。

＊
Stay the King.　これはＦのパンクチュエーション。意味はI will wait on the King.（王にお仕えする）、またはI will wait for the King.（王をお待ちする）。Ｆ２ではStay: the King.

ラフュー登場。王が進み出る。

ラフュー （跪《ひざまず》いて）ご許可願います、陛下、私の口からのお知らせを。

王 立てば謝礼を払うぞ。

ラフュー （立ち上がり）では、立ちます、ご許可の見返り[*1]は持ってきましたので。いっそ陛下が跪いて私に慈悲を乞われ、私の「立て」のひと言でこんなふうに易々《やすやす》とお立ちになれればいいのですが。

王 そうだといいな、そうしたらお前の頭を叩き割り、「許してくれ」と慈悲を乞うところだ。

ラフュー 陛下の受け損じですな！ ところで陛下、ひとつお尋ねしますが、ご病気の治癒をお望みですか？

王 望まん。

ラフュー おや、この天邪鬼《あまのじやく》[*2]な王様キツネはブドウを召し上がりたくないのですか？ いやいや、私の立派なブドウ

意味は「待て、王のお見えだ」あるいは「留まる、王のために」。

＊1 Then here's a man stands that has brought his pardon. アーデン3は bought his pardon（彼の許可を買った）と校訂しているが、本訳ではFの brought his pardon を採る。この pardon は something to earn it（許可を得るためのもの、すなわちヘレン）というRSC版の解釈を採った。

＊2 『イソップ物語』に出て来るキツネの逸話が元。食べたいブドウに手が届かず、まだ酸っぱいから食べなかったと負け惜しみを言ったキツネに王をなぞらえている。

なら
召し上がるでしょう、王様キツネのお手が届けば。
私はある医者を見つけました、石に命を吹き込み、
岩をも生き生きとさせ、陛下にも飛んだり跳ねたりダンスを
させられる名医です。その手で触れるだけで
強力な効果があり、亡きピピン[1]王はよみがえり、いや、
それどころかシャルルマーニュ大帝も手にしたペンを
ピンと立て彼女に恋文を書くといったところです。

王　「彼女」だと、何ものだ？

ラフュー　何と、「ドクター彼女」[2]、つまり女！　陛下、お会いに
なるなら
もうここに来ております。さて、私の信念と名誉にかけて、
こんな軽口とは裏腹に、大真面目に私の思うところを
申し上げますと、私が話をした相手は、女性であること、
若いこと、為《な》しうると宣言しているその内容、賢いこと、
忠節であることなどで、私を驚嘆させました、これは私の
えこひいきや耄碌《もうろく》のせいではございません。お会いになります

＊1
King Pepin　八世紀のフランク王国の王。一世（大ピピン）、二世（中ピピン）、三世（小ピピン）、カール（シャルルマーニュ）大帝（七四二～八一四）の子のイタリア王、などがいる。ラフューがどのピピンのことを言っているのかは不明。ただし、シャルルマーニュと並べているので、ここではその息子か、あるいはその父の小ピピン（在位七五一～七六八）を指すと思われる。なおペンはペニス（penis）の謂、ピピン（Fの綴りはPippen）もそれと頭韻を踏む。ラフューが「軽口（light deliverance）」と言うのはこのあたりのこと。

＊2
文字通り Doctor She と言

っている。

か――

その娘はそう求めております――そして用向きをお聞きになりますか？

そのうえで私をお笑いになるならご存分に。

王　では、ラフュー、

その驚くべき女性を連れてこい、私もお前と一緒に驚くことにしよう。あるいはお前の勘違いに驚いてお前の驚きを弱めてやろう。

ラフュー　ではご要望に応えて、

いや、丸一日はかかりません。　（ドアのところへ行く）

王　あの男はいつもこうだ、つまらんことに前口上をつける。

ラフュー　いいから来なさい。

ヘレン登場。

王　羽根が生えたような早さだな。

ラフュー　いいから来なさい。

こちらが陛下だ、思っていることを申し上げなさい。
まるで謀反人のような顔つきだな、だが陛下はそんな謀反人など
恐れたりなさらない。いまの私はクレシダの叔父パンダラス、*
思い切ってお二人きりにしておいて、さようなら。
(王とヘレンを残して退場)

王　さて、美しい娘、用向きというのはこの身に関わることか？

ヘレン　はい、陛下。
私の父はジェラール・ド・ナルボンヌ、
名高い医者でございました。

王　知っている。

ヘレン　でしたら父の賞賛は控えます。
ご存じであればそれで十分ですから。父は死の床で
私にいくつもの処方箋を渡してくれました、中の一つは特別で、
父の実際の治療から生まれた最愛の子供であり、
長い経験がもたらした唯一無二のお気に入りですが、
父は私に命じたのです、その処方箋を第三の眼と思い、自分の

* I am Cressid's uncle.　クレシダはギリシャの神官カルカスの娘。トロイ戦争中、トロイ軍の人質となり、トロイの王子トロイラスと恋に落ちる。彼女の叔父パンダラスは二人の仲を取り持つ。シェイクスピア作『トロイラスとクレシダ』(ちくま文庫シェイクスピア全集23)参照。

二つの眼より大切に保管しろと。私はその通りにしてきました、
そして陛下のご病気のことを耳にしたのです、
その難病の治療には、愛する父の価値ある贈り物が
何よりも効力を発揮します、
私がこちらへ参ったのは、謹《つつし》んでその処方を用い、
陛下の治療に当たるためでございます。

王　娘さん、ありがとう。
しかしそれで治るとはにわかには信じられん、
学識豊かな主治医たちが匙《さじ》を投げたばかりか、
*医学界がこぞって出した結論は、
医術の粋《すい》を集めても、完治《かんち》不能な状態から
体力を救い出すことはできないということだ。いいか、私は
不治《ふじ》の病をいかさま医者に売り渡したり、王たるこの身と
王としての威信を切り離したりして、おのれの判断力を
汚《けが》すわけにはいかん、それにあやまった望みを抱くわけにもいかんのだ、
合理的に見てもう治療法がないと分かっていながら、

* the congregated college シェイクスピアの時代にロンドンにあった the Royal College of Physicians（王立医師協会）のようなものとされている。

むりやり非合理な治療法にすがることになるからな。

ヘレン　臣下の義務を果たし、これまでの苦労は報われました。
これ以上無理にお勧めはいたしません。ただ、謹んで陛下に
お願いがございます、私の行いは慎みに欠けるものではないと
ひと言承《うけたまわ》れば、それを胸に収めて国へ帰ります。

王　[*1]そのくらいならお安いご用だ、恩知らずと言われぬためにも。
お前は私を助けようとしてくれたから当然だ、瀕死の者が
もっと生きてくれと願う者に向ける程度の感謝だが。
だが私が知り尽くしていることを、お前はまったく知らない。
私は自分が重篤《じゅうとく》だと知っているが、お前は治療法を知らない。

ヘレン　陛下が治療は無駄だと決め込んでいらっしゃるなら、
私にできることをお試しになっても害はないでしょう。
神は最も偉大な事業を成し遂げられます、
しかもそれを最もかよわい者を使ってなさるのです。
聖書によれば、赤子のころから優れた判断力を
示した裁判官がおりました。[*2]滔々《とうとう》と流れる大河も
その源は小さなもの。大海原も干上がることがあります、

＊1
ここからこの場の終わりまで、二行ずつ脚韻を踏む二行連句（couplet）になっている。一方、王の使う一人称単数の人称名詞は「君主のwe」から私人のIに変わり、ヘレンへの二人称代名詞も丁寧なyouから親しみのこもるthouに変わる。

＊2
Great floods have flown/From simple sources, and great seas have...dried/When miracles have been denied. 前者は旧約聖書「出エジプト記」第十七章で、モーセが岩を打って水をほとばしり出させたことを、後者は紅海が割れてモーセ一行を通した逸話を踏まえている。

偉大な者たちが奇跡を否定したにもかかわらず。
予想はしばしばはずれます、うまく行きそうだと
思えるときに限ってはずれ、逆に期待が冷え切り、もう駄目だ
と
諦めたときに限って、初めに予想したとおりになるのです。

王　お前の話を聞くわけにはいかん。達者でな、優しい娘。
無駄になった骨折りの報酬はお前自身に頼め。
せっかくの申し出だが受けられん、褒美は感謝の言葉しかない。

ヘレン　神の吹き込む霊感も人の吐く言葉に邪魔されるしかない。
私たち人間は見た目で判断しますけれど
全知全能の神はそんなことはなさいません。
天のご助力を人間の行為だと思い込むのは、
私たちがおかす一番の思い上がりではないでしょうか。
大切な陛下、私に全力を尽くすようご許可ください、
私ではなく、天をお試しください。
私は詐欺師ではありません、
自分の能力以上のことが出来るとは申しません。

私には私の考えが分かります、確信できることだけを考えています、
それは、私の治療には効果があり、陛下は必ず回復なさるということです。

王　そんなに自信があるのか、幾日あれば
治してみせる？

ヘレン　慈悲深い神のお慈悲があれば、
馬車を御《ぎょ》す太陽神が火と燃える松明《たいまつ》を手に、
日々巡る軌道をふた回りせぬうちに、
湿り気を帯びた金星が、西空《にしぞら》の暗い靄《もや》の中に、
眠たげな灯火《ともしび》を沈めるのを二度繰り返さぬうちに、
あるいは船《ふな》乗りの砂時計が、時の進み行きに
その密かな歩みを二十四回告げぬうちに、
健やかであるべきお身体から衰弱は飛び去ります、
ご健康が息を吹き返し、病《やまい》はおのずから死に絶えます。

王　お前のその揺るがぬ自信が崩れたなら、どんな
報いを覚悟している？

ヘレン　傲慢不遜《ごうまんふそん》だという非難、
娼婦なみの厚かましさやあらわな恥辱などが
忌まわしい流行歌《はやりうた》になり揶揄《やゆ》される。処女の名が
様々に貶《おとし》められる、いえ、もっとひどくても構わない、
最もおぞましい拷問にかけて私の命を終わらせてください。

王　何かありがたい精霊がお前の中で語っているらしい、
その力強い音がか弱い楽器から生まれているらしい。
常識では不可能だと一笑に付されることも
意識を変えれば一理あると思えるもの。
お前の命は大切だ、およそ命あるものにとって生きがいとなる
すべてが、お前の中で価値ある光を放っている。
若さ、美しさ、叡智、勇気など、青春を謳歌《おうか》する
者にとって幸せと呼びうるものすべてが揃っている。
それを危険にさらそうというお前は、無限の技量を持っている
か、
さもなくば恐ろしいほど無謀か、そのどちらかだな。
愛らしい医者よ、お前の治療を受けるとしよう、

私が死ねば、それがお前の死の処方箋になるだろう。

ヘレン　私が期限を守らなかったり、何事であれ申し上げたとおりにならなかった場合、ご容赦なく死なせてくださいますように、それが当然の報いでございます。お救いできなければ、死が報酬です。

王　でもお救いできたら、私に何を約束してくださいます？

ヘレン　望みを言いなさい。

王　言えば叶えていただけますか、間違いなく？

ヘレン　この王笏《おうしゃく》と天国へ昇る望みにかけて、必ず。

ヘレン　* では、誰であれ私が選ぶ人を、王様のその手で私の夫にしてください、お力をお貸しくださって。けれど、フランス王家の血を引く方を選び、王族の家系に連なることにより、私の低く卑しい名前を高めようなどという そんな不遜な真似は天がお許しになりませんよう。私はある人を、陛下のご家来《けらい》を、選びます、

＊ ヘレンが王に対して使う二人称代名詞は、この台詞で丁寧なyouから垣根を取り払ったthouにいきなり変わる。いわばタメ口へと急変。アーデン3もオックスフォード版も、似た例として『ヘンリー六世』第一部の乙女ジャンヌのフランス皇太子に対する話し方を挙げている（ちくま文庫版二六頁の脚注参照）。

私が望んでも、陛下が下さっても差し支えない人です。

王　では、握手だ。合意した条件が満たされたなら、
お前の望みを叶えてやる。だから
治療に取り掛かる日時を決めてもらおう、
私はもうお前の患者だ、万事まかせよう。
お前にはもっといろいろ問いただすべきだが――
どこから来たか、供はいるのか、などと問いただささねばならん
が――
もっと知ったからといってもっと信用できるとはかぎらない。
あとは何も聞かずに歓迎し、何も疑わずに祝福しよう
――誰か手を貸してくれ、おい！*――お前が約束したとおりに
首尾よくゆけば褒美を取らせるぞ、功績に釣り合うように。
（ファンファーレ。一同退場）

＊ Give me some help here, ho! 舞台奥に向かっての命令。従者たちがそれに応じて登場すると思われる。

第二場　ルシヨン、伯爵邸

伯爵夫人と道化ラヴァッチ登場。

伯爵夫人　いいこと、用を言いつけますから、あなたがどんなに結構なお育ちか見せてもらいますよ。

ラヴァッチ　*食いもの最高、しつけは最低っていう俺のおぼっちゃま育ちぶりを見せりゃいいんですね。用ってのはどうせ宮廷に行くことなんだろうし。

伯爵夫人　どうせ宮廷？　呆れた、いったいどこなら特別な場所だと思うの、宮廷をそんなふうに見くだして？「どうせ宮廷」？

ラヴァッチ　そうですとも、奥様、せっかく神様が人間に礼儀作法ってもんをお貸しくださったんだ、だったらそいつをうまいこと披露できるのは宮廷だ。片脚引いてお辞儀する、帽子を脱ぐ、手にキスする、何も言わずに黙ってる、それが出来ないのは、脚

＊ I will show myself highly fed and lowly taught.「食事は上等、しつけはお粗末(Better fed than taught.)」という諺を踏まえている。

も手も唇も帽子も持ってないやつだ。そういう連中ははっきり言って宮廷向きじゃない。だけど俺には誰に対しても使える答えがある。

伯爵夫人　まあ、ずいぶん包容力のある答えね、どんな質問にも合うなんて。

ラヴァッチ　床屋の椅子みたいなもんです、どんな尻にもぴったり合う。とがった尻、ひらべったい尻、太った尻、何でもござれだ。

伯爵夫人　その答えはどんな質問が来ても大丈夫なの？

ラヴァッチ　ぴったり合うよ、弁護士の手に弁護料の[*1]十グロート銀貨、[*2]飾り立てた梅毒持ちの淫売に客の禿頭、[*3]田吾作の人差し指に田舎女のイ草の指輪、[*4]懺悔火曜日にパンケーキ、[*5]五月祭にモリス・ダンス、釘穴に釘、[*6]寝取られ亭主に額の角《つの》、怒鳴り男にがみがみ女、坊さんの口に尼さんの唇、ソーセージの皮にその中身、みたいにぴったりだ。

伯爵夫人　あらゆる質問に合う答えがあるの？

ラヴァッチ　[*7]下は公爵から上はお巡《まわ》りまで、どんな質問が来ても大丈夫。

＊1
ten groats　一グロート銀貨は四ペンス。

＊2
French crown　一義的には「フランスのクラウン金貨（シェイクスピア時代のイングランドでは四シリング、または五分の一ポンドの価値があった）」だが、梅毒の別名がフランス病（French disease）であることから、梅毒による禿頭のことを言う。

＊3
Tib's rush for Tom's forefinger　ティブとトムはそれぞれ田舎娘と田舎男の典型的な名前。

＊4
Shrove Tuesday　灰の水曜日 Ash Wednesday＝四旬節（Lent）の第一日の前日。パンケーキデイとも

伯爵夫人　あらゆる問いに合わせられるなんて、よほど巨大な答えらしい。

ラヴァッチ　とんでもない、実はちっぽけなもんだ、この学識経験者が真実を言えばね。ここにありますよ、付属品もぜんぶ揃ってる。試しに俺が宮廷人かどうか訊いてみな、学んどいても害にはならないだろう。

伯爵夫人　まだ何かを学べるくらい若くても害はないわね。じゃあ馬鹿になって訊いてみましょう、あなたの答えのおかげで今より賢くなれるのを期待して。あなたは宮廷人でいらっしゃいますか？

ラヴァッチ　*まあ、そこそこ！――ね、これであっさりとぼけられる。さあ、もっと、もっとガンガン訊いてみな。

伯爵夫人　私はつまらぬ者ですが、あなた様をお慕いしております。

ラヴァッチ　まあ、そこそこ！　さあ、どんどん、容赦しないで。

伯爵夫人　こんな粗末な料理はあなたのお口に合わないでしょうね？

呼ばれるように、四旬節の断食期間を前に栄養豊富なパンケーキを食べるのが伝統。

*5
a Morris for May Day　モリス・ダンスはイングランドで十五世紀以降に流行した。エドワード三世時代にスペインから移入されたとされる。一般に五月祭その他の野外劇や祝祭の一部であり、踊り手はロビン・フッド物語の登場人物や竜やムーア人などに扮した。

*6
the cuckold to his horn　寝取られ亭主の額には角が生えるという俗信があった。

*7
From below your duke to beneath your constable　普通、このような場合は「from above your duke to

ラヴァッチ　いや、そこそこ！――もっと俺を追い込みな。大丈夫だから。
伯爵夫人　最近あなた、鞭[*1]で打たれたようですね？
ラヴァッチ　まあ、そこそこ！――容赦しないで。
伯爵夫人　鞭打たれながら「まあ、そこそこ！　容赦しないで」と叫ぶの？　確かに鞭打たれて「まあ、そこそこ！」というのは筋が通っている。鞭打ちのために柱に縛り付けられて答えるしかないなら、とてもいいお返事ね。
ラヴァッチ　「まあ、そこそこ！」が元でこんなドジ踏んだのは生まれて初めてだ。いくら長持ちするものでも永遠に使えるわけじゃないんだな。
伯爵夫人　私としたことが立派な主婦役を演じたものね、阿呆[*2]相手に浮かれた時間つぶしをしたりして。
ラヴァッチ　まあ、そこそこ！　ほらね、またうまくはまった。
伯爵夫人　もうたくさん！　さあ、用事よ。（手紙を渡し）これをヘレンに渡して、すぐに返事を寄越すように伝えてね。

beneath your constable（上は公爵から下はお巡りまで）」と言うところだが、ラヴァッチは意図的に「椅子」と「尻」のイメージを引きずっていると思われる。

＊

六五頁の注

O Lord, sir!　何かを問われたとき、明言を避けるための当たり障りのないフレーズ。ただし四度目のO Lord, sir. について伯爵夫人が「鞭打たれてO Lord, sir. と叫ぶのは筋が通っている」と言うのは、この文脈では文字どおり（鞭打ちの苦痛の中で）「ああ、神様（お助けを）！」という意味になるからだ。訳では「いやだ、そこを打っちゃ」と聞こえますように。

『恋の骨折り損』のコスタ

私の身内や息子によろしく。
大したことないでしょう。

ラヴァッチ　大したよろしくじゃないんだな。

伯爵夫人　大した用事じゃないってこと、お分かり？

ラヴァッチ　早分かり。脚より先にもう着いてますよ。

伯爵夫人　帰りも急いでね。

（二人退場）

第三場　パリ、王宮

バートラム、ラフュー、パローレス登場。

ラフュー　*奇跡は遠い過去のことだとされており、今では科学者のおかげで、説明のつかない超自然現象もありふれた日常茶飯事《さはんじ》

ードは五幕二場で三度O Lord, sir, と言うが、うち二度は文字どおり「ああ。神様！」（ちくま文庫版一六九～一七〇頁）。

六六頁の注

＊1
道化が受ける罰は鞭打ち。『リア王』の道化も一幕四場で「嘘などついたら、いいか、鞭打ちだぞ（An you lie, sirrah, we'll have you whipped.）」とリアに脅される（ちくま文庫版五四頁）。

＊2
To entertain it so merrily with a fool. このitは前行のthe time。「阿呆と一緒になってこんなに浮かれて時をもてなしたりして」。時間を無駄にした、ということ。

になっている。そこで我々は、畏怖すべきことを軽視し、未知への恐怖に身を捧げるべきときに、見かけだけの知識のとりでに身を隠すことになる。

パローレス　それにしても稀《まれ》に見る驚くべき事件が現代になって出来《しゆつたい》したものですな。

バートラム　そうだな。

ラフュー　医師たちに見放され——

パローレス　そう、私もそう言いたい、対立するガレノス派の医者にもパラケルスス派の医者にも見放され。*

ラフュー　学識豊かな権威ある医術者がこぞって——

パローレス　しかり、私もそう言いたい。

ラフュー　お治しするのは不可能だと——

パローレス　いやあ、まさしく、私もそう言いたい。

ラフュー　とてもお助けできないと断言した。

パローレス　その通り、まるでもう間違いなく——

ラフュー　お命は危うく、ご逝去《せいきよ》は確実であるかのように。

パローレス　まさに、おっしゃる通り。私もそう言うつもりでし

六七頁の注

＊ プロテスタントの教義では、奇跡はキリスト教の確立後はなくなったとされたそうだ。

＊ both of Galen and Paracelsus　ガレノス（一二九頃〜二〇〇頃）は小アジアのベルガモン生まれの医学者・解剖学者・哲学者、ローマで活動、多種の動物の解剖によって実験生理学の基礎を築き、長く医学の権威と仰がれた。パラケルスス（一四九三〜一五四一）はスイスの医学者・科学者。中世を支配したガレノスの医学を批判し、生命現象を化学的に説明した。化学療法の祖と言われる。

た。

ラフュー　実に前代未聞の出来事と言っていい。

パローレス　いかにも。そいつを印刷して表現すれば、ほら、そこにお持ちの「*なんたらかんたら」と書いてあるビラのようになる。

ラフュー　（読む）「地上の行為者における天なる力の顕現《けんげん》」

パローレス　そうとも。私もそう言おうとしたんだ。

ラフュー　いやあ、イルカをしのぐほどお元気になられた。こうなると、私が言いたいのは――

パローレス　不思議だ、実に不思議だ。そうとしか言いようがない。これを認めようとしないのは、極悪非道のやつらだけですよ、つまりこれが――

ラフュー　天のみ手によるものだと認める。

パローレス　ええ、私もそう言いたい。

ラフュー　極めてか弱い――

パローレス　そして虚弱な者をお使いになり、偉大な力を、偉大な超越性をお示しになった。その力は王にご快癒をもたらすのみ

＊ You shall read it in what-do-ye-call there.　シェイクスピアの時代には話題の出来事（この劇の場合は、王の重病からの奇跡的快癒）がすぐに活字になり、broadside ballad（十六～十七世紀イングランドで片面刷りの紙に印刷して売られた通俗的な歌）になった。日本で言えば瓦版だろうか。

ならず、我々にも及び――

ラフュー ありがたいことが起こるかもしれん。

王、ヘレン、従者たち登場。

パローレス 私もそう言おうとしたところだ、おっしゃるとおりです。王がお見えです。

ラフュー ドイツ人[*1]の言うルスティヒ、つまり血気盛んというご様子だ。私も歯[*2]が一本でも残っているうちは若い娘が好みですな。いやあ、陛下はあの娘をリードして元気一杯のコラント・ダンスだっておできになる。

パローレス モール・デュ・ヴィネーグル[*3]！ 参ったな、あれはヘレンでは？

ラフュー 確かに、そうだな。

王 宮廷中の貴族をここへ呼んでくれ。

（従者退場）

命の恩人よ、患者のそばに座りなさい、

＊1
Lustig, as the Dutchman says, 当時の英語ではDutchmanはオランダ人ではなくドイツ人、ドイツ語のlustigは英語のlusty（活力のある）に当たる。

＊2
... whilst I have a tooth in my head. このtoothは多くのモダンテクストの脚注でsweet tooth（甘いもの好き、五感の欲求）とされているが、あえて文字どおりに訳した。Sweet toothと解すれば「五感の欲求があるうちは」。

＊3
Mort du vinaigre! いい加減でナンセンスなフランス語の誓いの言葉。直訳すれば「酢の死にかけて！」

お前は健《すこ》やかになったこの手に、追放されていた感覚を
取り戻してくれた。この手から、私が約束した贈り物を
改めてしっかり受け取るがいい、
あとはお前が指名するだけだ。

四人[*1]の貴族登場。

美しい娘よ、彼らに目を向けなさい。この若々しい
独身貴族たちは、私の一存[*2]で結婚相手に与えられる、
私には彼らに対し君主としての力と父親としての声が
あるからな。さあ、自由に選ぶがいい。
お前には選ぶ力がある、彼らに拒む力はない。

ヘレン　どのお一人にも、愛の神の御意《ぎょい》により、美しく
貞淑な恋人が授かりますよう。ただし、お一人を除いて。

ラフュー　（傍白）栗毛の馬を馬具一式ごとくれてやってもいい、
私もあの若者たちみたいに歯が揃っていて、
髭はまだ生え揃わぬ歳に戻れるなら。

＊1
Fのト書きでは「三、四人」。実際の上演では六人ということもある。バートラムはすでに舞台上にいる。彼の立ち位置（四人から離れて立っているか、進んで、あるいは王の指示の視線を受けて渋々、彼らに加わるか）は演出に任される。

＊2
国王には彼の被後見人の結婚相手を決める権利があった。ただし、平民階級の娘であってはならないのだが、シェイクスピアはその点は無視している。

王　じっくり見なさい。
立派な血筋でない者は一人もいない。
*ヘレンは貴族の一人の方を向く。
ヘレン　皆様、
天は私を通して王を再び健やかになさいました。
貴族一同　我々もそう思い、あなたのお陰だと天に感謝していま
す。
ヘレン　私はただの娘です、ですがただの娘でしかないと
はっきり言える私は、誰よりも裕福です。
畏れながら陛下、これでおしまいにしてください。
私の頰の赤らみがこう囁《ささや》いています、
「お前が選ぶというから私たちは赤らんでいるけれど、
もし断られたら、お前の頰には蒼ざめた死を居坐らせ、
私たちは二度と戻ってこない」と。
王　とにかく選ぶのだ。

* *She addresses her to a Lord.*　Fのト書き。「貴族の一人（a Lord）」という語と、次のヘレンの台詞中の「皆様（Gentlemen）」が矛盾するので、これを貴族1への呼びかけの前に移動させる現代テクストもある。だが、いったん一人の方を向いてから「皆様」と全員に向かって言葉を発するという演出も可。それをヘレンのはにかみと謙虚さの現れとする解釈もある。

お前の愛を拒む者は、私の愛もすべて拒むことになるのだ。
ヘレン　処女神ダイアナよ、私はあなたの祭壇から逃げ去ります、私のため息は、絶対の力を持つ愛の神キューピッドに捧げます。（貴族1に）私の願いをお聞きくださいますか？
貴族1　それどころか聞き届けます。
ヘレン　ありがとうございます。ほかに申し上げることはありません。
ラフュー　（傍白）あの仲間に入って選ばれたいものだ、死ぬまでダイス・ゲームで負けるとしても。
ヘレン　（貴族2に）あなたの美しい目には名誉の炎が燃えています。
その炎は、私がお話しする前に、脅すように答えています、どうか愛の神があなたご自身の身分を高めますようにと、愛を願うこの女とその卑しい愛の二十倍も高く、と。
貴族2　あなたの身分で十分です。
ヘレン　では私の願いだけお取りください、愛をお授けになるのは愛の神ですから、では、さようなら。
ラフュー （傍白）みなあの娘を拒むのか？　あいつらが俺の息子だったら、鞭をくらわすか、トルコの宮廷に送り出して宦官《かんがん》にしてもらうところだ。
ヘレン （貴族3に）ご心配なく、あなたのお手は取りません、あなたの為にならぬことは決して致しません。あなたのご誓言《せいごん》に天の祝福がありますよう、そしてあなたの新床《にいどこ》にもっと美しい方が迎えられますよう。
ラフュー あの若造どもは氷でできているのか、誰もあの娘を手に入れたがらない。やつらはイングランド人の私生児に違いない、フランス人が父親であるはずがない。
ヘレン （貴族4に）あなたはあまりに若く、あまりに幸せであまりにご立派です、
私の血を引くご子息をもうけさせるのはもったいないくらいです。
貴族4 美しい方、私はそうは思いません。
ラフュー （傍白）まだブドウが一粒残っている。お前の親父は

ワインを飲んでお前に良い血を流し込んだ。なのにお前はバカだ、分かっている。でなきゃ俺は十四のガキ並みってことになる。お前のことならとうに承知だ。

ヘレン　（バートラムに）あなたを選ぶなどと大それたことは申しません、

私はこの身をあなたに捧げ、命あるかぎりお仕えすることを厭《いと》いません、

あなたの力に導かれて。（バートラムを指して、王に）こちらが「その人」です。

王　そうか、ならば若きバートラム、その娘を取れ、お前の妻だ。

バートラム　私の妻ですって、陛下？　お願いです、陛下、

この件に関しては、私自身の目を

使わせてください。

王　知らないのか、バートラム、

その娘が私のために何をしてくれたか？

バートラム　知っています、陛下、しかし

この娘と結婚せねばならぬ理由は知りたくもありません。

王　分かるだろう、その娘は私を死の床から起き上がらせてくれたのだ。

バートラム　陛下が起き上がられた見返りに、私が倒れねばならない、そういうことですか？　彼女のことはよく知っています。養育の費用は私の父が出しました。貧乏医者の娘を私の妻に？　いっそ彼女を見くだして永遠に破滅したほうがましです。

王　その娘を見くだす唯一の理由は肩書きがないことか、ならば私が授けてやる。奇妙なことだ、血は様々な人間のものであっても
混ぜてしまえば色も重さも温度も全く
違いがなくなる、それなのに血筋となると
そうまで大きな違いが出るのか。その娘が――
お前が嫌う「貧乏医者の娘」という点をのぞいて――
美徳そのものだとすれば、お前は肩書きがないという理由で
美徳を嫌っているのだぞ。そんなことはするな。
どんなに低い地位であれ、そこから徳高い行為が生まれるなら、

それによってその地位は高くなる。その一方、
偉大な肩書きは我々を慢心させ、それに美徳が伴わねば、
そんな名誉は浮腫《むく》みに冒《おか》される。善なるものは
肩書きの有無にかかわらず善であり、悪もまた同じである。
善にしろ悪にしろ、それと認められるのはその本質による、
善や悪といった呼び名によるのではない。その娘は若く賢く美しい、
彼女はそれらを大自然から直接受け継いでおり、
そこから名誉が育《はぐく》まれる。真に名誉ある者が軽蔑するのは、
誉れ高い家に生まれても名誉ある父祖と同じような
行動をせず、家柄を鼻にかける者だ。名誉が栄えるのは、それが
祖先から引き継がれるときではなく、おのれ自身の行動から
引き出されるときだ。名誉は、その言葉だけでは
奴隷だ、墓という墓の上で堕落したまま
偽りの墓碑銘に刻まれ、おし黙るしかないのが常だ、
そこでは土と忌まわしい忘却のみが

真の名誉ある遺骨の墓なのだ。これ以上何が言えるか？
天がお創りになったその者を一人の娘として好きになれるなら、
あとのことは私が作りあげる。美徳とその娘自身が
持参金だ。名誉と富を贈るのは私だ。

バートラム　私には愛することはできません、愛する気もありません。

王　そう我《が》を張ってはお前のためにならんぞ。

ヘレン　私は陛下がよくなられただけで嬉しいのです。
ほかのことはお忘れください。

王　私の名誉が危機に瀕《ひん》している、それを守るには
王権を発動せねばならん。さあ、その娘の手を取れ、
[*1]傲慢不遜な小僧、これはお前には過ぎた贈り物だ、
お前は私の愛も彼女の美点も、足枷をはめて
下劣な軽蔑の檻に放り込む。お前は夢にも思うまいが、
[*2]余は、重みの欠けた彼女の秤皿《はかりざら》に
余の重みを加え、お前など天秤《てんびん》の横竿《よこざお》の高さまで
跳ね上げてやる。お前は知ろうともしないが、

＊1　Proud scornful boy　これまでのところパローレスのみがバートラムを boy と呼ぶ（二幕一場「やる気があるなら、なあ、坊や、思い切ってこっそり抜け出せ（An thy mind stand to't, boy, steal away bravely.）」。一人前の男を boy と呼ぶのは、パローレスが親愛の情まじりに言う例文のような場合を除き、最大の侮辱。

＊2　王が使う一人称単数の人称代名詞は、ここからしばらく「君主の we (royal 'we')、君主の複数 (royal plural)」と呼ばれる we (our, us) になる。その意図はバートラムに王の権威を思い知らせることか。

お前の名誉など、どこに植え付けてどう育てようと
余の意のままなのだぞ。軽蔑を抑えろ、
お前に良かれと思う余の意志に従え、
お前の尊大さが通ると思わず、お前の運命に従い、
服従するのだ、お前にはそうする義務があり、
余にはそれを要求する権力がある。ただちに
従わねば、私*の保護下から永遠に叩き出し、
若さと無知から来る混乱と無軌道な愚挙に
放り込んでやる。そのうえ私の復讐と憎悪が
正義の名において、情け容赦なく
お前に襲いかかる。さあ、返事をしろ。

バートラム　お許しください、我が君、私の好みを
陛下の目に従わせます。いかに大きな
爵位や富もいかに小さな名誉も、陛下のご命令ひとつで
生み出されることを考えますと、先ほどまで
貴族である私には極めて卑しいと思えたこの娘が、
今は王のお褒めにあずかり、高貴な者に思われます、まるで

＊　王の一人称代名詞がI（my, me）に戻る。

生まれながらの貴族のようだと。

王 その娘の手を取り、

お前の妻と呼んでやれ。私から彼女に約束しよう、

お前の財産と同じではないにしても、十分

釣り合いがとれるものは付けてやると。

バートラム では、手を取ります。*

王 幸運と王の寵愛が

この婚約に微笑みかける、婚礼は

いま生まれたばかりの命令に基づき

今夜行うがよい。祝賀の宴はここには居ない

親類縁者《えんじゃ》が来るのを待って後日《ごじつ》

開くことにしよう。お前が妻を愛するかぎり

お前の私への愛は忠実だ。そうでない愛は道をあやまる。

(一同退場。ただしパローレスとラフューは残り、この結婚について意見を述べる)

ラフュー 王のお言葉、聞きましたか、ムッシュー? ちょっとひと言。

* I take her hand. 王のもう一つの命令「そして彼女をお前のものだと言ってやれ (And tell her she is thine.)」には従っていないことに注意。

パローレス　何です？
ラフュー　あなたのご主人はよく誤りを認めましたな。
パローレス　誤りを認める？　私の？　ご主人？
ラフュー　ええ、私、そう言いませんでしたか？
パローレス　人聞きが悪いにも程がある、意味どおりなら流血は避けられない。私の主人ですと？
ラフュー　あなたはルシヨン伯爵のお供でしょう？
パローレス　どんな伯爵も私の友だ、すべての伯爵の、男たる者すべての友だちだ。
ラフュー　あなたは伯爵のお供のお友だちだろう。私は伯爵のご主人、つまり王の友だ、格が違う。
パローレス　あなたは決闘の相手としては歳を取りすぎてる。これでほっとしたでしょう、歳の取り過ぎだ。
ラフュー　おい、言っておくがな、*私は一人前の男だ、お前はいくつになっても一人前という肩書きとは無縁だろう。
パローレス　きれいにぶちのめしてやれるんだが、いまは堪《こら》えてやる。

＊ I must tell thee, sirrah. これまでラフューがパローレスに対して使う二人称代名詞は丁寧なyou（your、you）だったが、ここからは相手を見くだすthou（thy、thee）になり、「おい、こら（sirrah）」という見くだした呼びかけをしている。

ラフュー　お前とは二度ほど一緒に食事をしたが、その時はけっこう賢い男だと思ったものだ。旅行の話もまあまあ面白かったし、聞いていられた。しかし、サッシュをたすき掛けにしたり、腰に巻いたりして、まるで満艦飾の船みたいなので、中身は空っぽだと踏んでいた。これで正体を見抜いたぞ。お前なんぞ居なくなっても惜しくない。このクズめ、*1とっ摑《つか》まえる手間ももったいないくらいだ。
パローレス　お前に高齢という特権さえなければ――
ラフュー　そんなに怒りまくるな、裁きの時が早まるぞ。その裁きがもし――所詮《しょせん》お前はめんどりだが、それでも神のお慈悲がありますよう！　*2格子窓くん、さようなら。お前の窓はわざわざ開けてみるまでもない。格子のあいだから中が丸見えだからな。さあ、別れの握手だ。
パローレス　閣下は言語《ごんご》道断の侮辱を加えてくれましたな。
ラフュー　うむ、真心こめて、お前はそれに値する。
パローレス　いや、閣下、値しません。
ラフュー　するよ、一から十まで。私は微塵《みじん》も手加減しないぞ。

＊1
Yet art thou good for nothing but taking up. and that thou'rt scarce worth.「お前はクズ（役立たず）で、taking up するしかない、いや、ほとんどその価値もない」。この taking up の意味は「拾い上げる、入隊させる、逮捕する」などと重層的。

＊2
So, my good window of lattice, fare thee well. パローレスがサッシュを左右の肩からかけ胸元で交差させているのが、居酒屋のしるしである赤い格子窓（windows of lattice）を連想させたというのが定説。

パローレス　じゃあ、あなたを避けるためにもっと賢くなろう。

ラフュー　なかなかなれないぞ、むしろ逆におのれのバカぶりを味わうのが落ちだ。お前がそのサッシュでグルグル巻きにされて叩きのめされれば、そんなピラピラしたものを自慢してどうなるか思い知るだろう。私がお前と付き合いたいと、いや顔見知りになりたいと思ったのは、お前がそういうみっともない目に遭ったとき、「あれは私の知っている男だ」と言うためさ。

パローレス　苛々するなあ、我慢できない、閣下のせいだ。

ラフュー　その苛々がお前にとって地獄の責め苦であり、お前を苛立たせる私の力が永遠に続くといいのだが。立たせるの立つのって歳はもう過ぎた。こんな風に年老いた脚が許す限り、さっさとお前の前を通り過ぎるみたいにな。　（退場）

パローレス　まあいいか、あんたには息子がいる、*俺のこの恥辱はそいつに拭い去ってもらおう。下劣な、老いぼれの、ばっちい、下劣な貴族め。まあ、ここは我慢するしかない、権力に足枷をはめるわけにはいかないからな。ちょっとでも都合のいいときにやつに出会ったら、命にかけて、ぶちのめしてやる。やつが二倍も

* Thou hast a son.　ラフューの息子が話題になるのはここのみ。作者に忘れられたか。

三倍も偉い貴族だとしても。いくら年寄りだからって、気の毒がるもんか、何がなんでも——ぶちのめす、やつにまた会うことが出来さえすれば。

ラフュー再び登場。

ラフュー　おい、君[*1]のご主人が結婚したぞ。君にとっちゃ一大事だろう。君[*]に新しい女主人が出来たってことだ。

パローレス　嘘[*2]偽りなく閣下にお願いいたします、侮辱のお言葉をいささかなりとお控えください。あの方は私のパトロンに過ぎず、天においでになり私がお仕えする方《かた》が私のご主人です。

ラフュー　誰のことだ？　神か？

パローレス　そうです。

ラフュー　悪[*3]魔だよ、お前の主人は。どうしてそんな風に両腕をガーターで締め上げてるんだ？　袖をズボンにする気か？　ほかの召使いたちもそうしてるのか？　股間《こかん》にあるものを顔の真ん中にぶら下げたほうがいいぞ。俺の名誉にかけて、俺があと二時間

＊1
ラフューのパローレスに対する二人称代名詞は丁寧な you に戻る。

＊2
持って回った宮廷言葉になる。

＊3
パローレスに対して thou を使っている。

若かったら、お前をぶちのめしているところだ。お前は万民の鼻つまみだ、誰でもお前をぶちのめしたくなる。お前は人の腹ごなしのために創られたとしか思えん。

パローレス　そのおっしゃりようは酷い、あんまりです。

ラフュー　馬鹿め、知るか。君は[*1]イタリアでザクロの種一粒を盗んだため、したたかぶちのめされた。君は浮浪者だ、本物の旅行家ではない。君は貴族や名家の者に対しひどい無礼を働いている、君の生まれや育ちではとても許されんほどの無礼だ。君にはあとひと言でも言葉をかけてやる価値はない、あるとすれば、このごろつきめ、だ。これで失敬する。（退場）

パローレス　結構、大いに結構。じゃ、そういうことで。結構、大いに結構。こいつはしばらく秘密にしておこう。

バートラム登場。

バートラム　もうおしまいだ、永遠に続く生き地獄だ！

パローレス　どうした、[*2]かわいこちゃん？

*1　パローレスに対して you を使っている。慇懃無礼。

*2　sweet heart と呼びかけている。

バートラム　神父の前で結婚の誓約を立てたが、あの女とは寝ない。
パローレス　何だ？　何だ、かわいこちゃん？
バートラム　ああ、僕のパローレス、連中に結婚させられた！
　こうなったらトスカナの戦争に行く、彼女とは断じて寝ない。
パローレス　フランスは犬一匹がようやく入れる小っぽけな穴だ、
　男一匹が足を踏み入れる価値はない。行け、戦場へ！
バートラム　母から手紙が届いた。何の用かはまだ分からないが。
パローレス　うん、読めば分かる。行け、戦場へ、坊や、戦場へ！

ここフランスで家にこもって女といちゃつく男は、
雄々しい精力を女の腕に抱かれて使い果たし、暗がりで
自分の名誉まで人目につかぬ入れ物に流し込むことになる、
本来男の精力は、軍神マルスの燃え立つ馬が跳躍する時
その力となるべきなのに。行け、別天地へ！
フランスは馬小屋だ、こんなとこに居ると駄馬になっちまう。
だから行け、戦場に！

バートラム　そうしよう。あの女は邸に送り返し、
母には、俺が彼女を嫌っていることと、ここから
逃げ出す理由を知らせ、王には、口で言えなかったことを
手紙に書いて送ろう。いま王から頂戴した金は
貴族仲間が戦っているイタリア戦線に参加するための
装備に当てる。暗い邸と嫌な妻に比べたら、
戦争も苦労のうちに入らないんだから。
パローレス　その気まぐれは変わらないだろうね、大丈夫かな？
バートラム　俺の部屋に来て相談にのってくれ。
あの女はすぐに送り返す。明日には俺は戦場だ、
彼女は一人のまま嘆き悲しめばいいのだ。
パローレス　いいぞ、テニスボール並みに弾《はず》んでるな。
でも辛いよなあ、「若くて結婚、精魂尽きて欠陥だらけ」だもんな。
だから、行くんだ、きっぱりと女は捨てて出陣しろ、
王はひどいことをなさったもんだ、だが何も言うな、黙ってろ。
（二人退場）

第四場　パリ、王宮

ヘレンとラヴァッチ登場、ヘレンは手紙を読んでいる。

ヘレン　お母様[*1]から優しいご挨拶をいただいたけれど、ご体調は[*2]いいの？

ラヴァッチ　よくない、でも健康だよ。奥様はとってても陽気だ、でもよくない。だけど、有り難いことに、とってもいいんだ、なんにも不自由なことない。だけどよくない。

ヘレン　とってもいいのに、あまりよくないというのは何のご病気なの？

ラヴァッチ　実はね、奥様はほんとにとってもいいんだ、二つの点は別にして。

ヘレン　二つの点？

ラヴァッチ　一つは、まだ天国に行ってないってこと。神様どう

＊1
一幕三場では、伯爵夫人を mother と呼ぶことをかたくなに拒んでいたヘレンだが、バートラムと結婚したいま、素直に My mother greets me kindly. と言っている。もちろんこれは mother-in-law（義理の母、姑）の意。

＊2
Is she well?「元気か？」というごく普通の問いだが、ここの二人のやり取りには well という語が頻出する。作者は明らかに All's Well that Ends Well というタイトルを意識していると思われる。

か早くそこに送り届けてください。もう一つは、まだ地上にいるってことだ。神様どうか早くここから送り出してください。

パローレス登場。

パローレス　ご機嫌よう、幸運なお方。
ヘレン　あなたに私の幸運を願うだけの善意がおありだといいのですが。
パローレス　そう祈りましたよ、あなたの幸運がいついつまでも続きますようにと。(ラヴァッチに)やあ、このワルめ、年老いた我が奥方様はいかがお過ごしかな?
ラヴァッチ　あんたが奥様の皺《しわ》をもらい、俺が金をもらえるなら、あんたの言うとおりにお過ごしになってほしいと思うよ。
パローレス　おい、俺は何も言っちゃいない。
ラヴァッチ　じゃああんたはそれだけ賢いってことだ。*たいていの召使いの場合、口が災いして主人の破滅を招くからな。何も言わない、何もしない、何も知らない、何も持たないってのがあん

＊ Many a man's tongue shakes out his master's undoing. パローレスがバートラムの召使いとみなされていることの傍証になる発言。この man は servant の意。

たの存在価値だ、つまり何でもないのとおんなじってわけ。
パローレス 失せろ、お前は悪党だ。
ラヴァッチ どうせなら「悪党の前のお前は悪党だ」って言やよかったのに。そうすりゃ「この俺の前にいるのは悪党だ」ってことになる。ずばり的を射た言い方だ。
パローレス まったく、頭の回る阿呆だな。お前のことは見抜いた。
ラヴァッチ 自分で見抜いたのかい、それとも教えられて見抜いたのかな?
パローレス 自分でだ。
ラヴァッチ うまいこと見抜いたな。あんたが自分のなかに阿呆の親玉を見つけたおかげで世間は大喜び、笑いも増えるだろう。
パローレス 結構な悪党だな、まったく、いい気になりやがって。
奥様、伯爵は今夜お発ちになります。
非常に重要な用件が生じたためです。
愛の特権であるお床入りの儀式は、
ただちに行うようお求めになるのがあなたの権利であり、

伯爵も認めておりますが、延期せざるを得ません。
しかしそれが行われず延ばされているあいだに、甘い香りの
花びらを集め、いま我慢という蒸留期間をおくことで、
いざその時がくれば歓びはあふれ出し、快楽は
縁《ふち》からこぼれるほどになるでしょう。

ヘレン　あの方はほかに何をお望みですか？

パローレス　ただちに王からおいとまを頂くようにと、
また、これほど急ぐのはあなたご自身の意図であると言い、
それを強調するために何でもいいからもっともらしい口実を
考え出すように、とも。

ヘレン　そのほかに何をお命じですか？

パローレス　おいとまを頂いたら、すぐに次の
指示を出すからそれをお待ちになるようにと。

ヘレン　すべてお言いつけどおりにします。

パローレス　そうお伝えします。　（退場）

ヘレン　さあ、一緒に来てちょうだい。　（ラヴァッチと共に退場）

第五場　パリ、王宮

ラフューとバートラム登場。

ラフュー　しかしまさかあの男を軍人だとお思いではないでしょうな。
バートラム　いや、閣下、とても勇敢だと認められてます。
ラフュー　本人がそう言ってるだけでしょう。
バートラム　ほかにも確かな証言があります。
ラフュー　じゃあ私の時計[*1]は狂ってるのか。ヒバリをホオジロだ[*2]と思っていたのだから。
バートラム　間違いなく、あの男は博学だし、それに勇敢でもある。
ラフュー　ならば私は彼の経験を疑い、勇気を疑うという罪を犯したわけだ。それにその罪を悔い改める気がないのだから、私の

＊1
dial　航海に使うコンパスという説もある。
＊2
I took this lark for a bunting.「ホオジロをヒバリと間違える、思い込む（To take a bunting for a lark. 劣ったものを買いかぶる）」という諺を逆転させている。

魂は地獄落ちの危険にさらされていますな。おっと、あの男だ。
どうか仲直りさせてください。仲良くやって行きたいので。

パローレス登場。

パローレス (バートラムに) 例のことは大丈夫ですよ。
ラフュー あのう、この男おかかえの仕立て屋は誰です?
パローレス ハア!
ラフュー ああ、彼ならよく知ってます、ええ、「ハアくん」か。
ありゃあ腕のいい職人だ、あの「ハア」は優れた仕立て屋だ。
バートラム (パローレスに傍白) あの女、王のところに行った
か?
パローレス ええ。
バートラム 今夜ここを発つかな?
パローレス あなたの一存で。
バートラム 手紙は書いた、大事なものは箱に納めた、
馬の用意もさせてある、そして花嫁を

手に入れるべき今夜、その行為を始める前に[*1]終わらせる。

ラフュー よい旅行家は宴会で食後の話をさせるにはもってこいだが、その話の三分の三は嘘っぱちで、周知の事実をネタに何千もの大ボラを吹くやつは、一つ話をするたびに三度たたきのめしてやるに限る。(パローレスに) ご機嫌よう、隊長。

バートラム この方と君はいがみ合ってるのか?

パローレス 私がどうしてこの方のご不興を招いたのか見当もつきません。

ラフュー 招いたのではない、飛びこんできたのだ、拍車つきのブーツを履いて。余興で[*2]巨大なカスタード・パイに飛び込む道化みたいにな。どうしてそこに居るのだと訊かれぬうちにまた飛び出して逃げるだろう。

バートラム 閣下の思い違いでは?

ラフュー たとえこの男がお祈りをしているところに来合わせても、私はいま言った通りだと思うだろう。では、失礼、伯爵。私の言うことは本当ですよ、このナッツには中身がない、殻《から》だけだ。

＊1 End ere I do begin. この劇のタイトルに関わる語endが入っている。

＊2 当時、年中行事だったロンドン市長主催の宴会では、道化が巨大なボウルに入れたカスタード（巨大なカスタード・パイという説もある）に飛び込むのがお決まりの余興だった。

この男の魂は着ている服なのだ。重要なことについてはこいつを信用しちゃいかん。私もこの手のやつらを飼ったことがあるから、性根《しょうね》がどうかはよく知っている。(パローレスに)さようなら、ムッシュー。お前さんのことは、実際以上によく言っておいたぞ、悪に対しても善をなすべきだからな。(退場)

パローレス くだらない貴族だ、まったく。

バートラム そうは思わない。

パローレス いやだな、どんな男か知らないんですか?

バートラム いや、よく知っている、それに世間でも立派な人物だという評判だ。あ、俺の足かせが来た。

ヘレン登場。

ヘレン お言いつけどおりに王様にお目にかかり、すぐにここを発つお許しをいただきました。ただ、陛下はあなたとお二人きりでお話しなさりたいそうです。

バートラム　仰せに従おう。
[*1]ヘレン、私のすることに驚いてはいけない、
今日という晴れの日にふさわしくないし、
夫に求められる当然の義務を怠ることに
なるのは分かっている。だが[*2]こういう成り行きは
予想もしていなかったから、大いに
戸惑っているのだ。というわけで頼みがある、
どうかすぐに家に帰ってくれ、なぜこんなことを
頼むのかその理由は問わずに察してくれ。
というのも、これには見かけ以上に大切な訳《わけ》があり、
何も知らないあなたには、一見しただけでは
分からないほど重大な、差し迫った
事情があるのだ。これは母上に。　（手紙を渡す）
二日もすればまた会えるだろう、だから
分別を働かせてもらいたい。

ヘレン　私には何も言えません、
ただ、あなたのいちばん従順な僕《しもべ》だということだけは——

＊1
バートラムがこの台詞でヘレンに対して使う二人称単数代名詞は、丁寧な（他人行儀な、と言うべきか）you (your, you)。

＊2
I was not prepared for such a business.「こういう成り行き（such a business）」とはヘレンとの結婚のこと。

バートラム　おいおい、それはもういい。
ヘレン　身分の低い家に生まれた私のさだめと
このたびの大きな幸運とは釣り合いませんが、
この先もずっと忠実にお仕えすることで、
その不足分を補うつもりです。
バートラム　もうよせ。
ぐずぐずしてはいられない。さようなら、大至急帰れ。
ヘレン　あの、よろしいでしょうか。
バートラム　え、何が言いたい？
ヘレン　私は手に入った富に値しませんし、それが
自分のものだと言うのはおこがましいことです、でも私のもの
です。
法律が私のものと認めたものを、臆病な盗人《ぬすびと》のように、
どうにかして盗みたいのです。
バートラム　何が欲しい？
ヘレン　ちょっとしたもの、大したものではありません。本当に
何でもないもの。

何がほしいか、私からは言いたくありません、
いえ、言います。
赤の他人か敵同士だけです、キスせずに別れるのは。
バートラム 頼むからぐずぐずせず、さっさと馬に乗ってくれ。
ヘレン お言いつけにそむくことはしません。
私の供の者はどこ？ ムッシュー、さようなら。（退場）
バートラム ＊とっとと帰れ、俺はぜったいに帰らない、
この剣をふるうことが出来て、軍鼓の響きを聞けるうちはそれ
はない、
さあ、飛んで逃げるぞ。
パローレス 意気揚々と、出陣だ！（二人退場）

＊ Go thou toward home. バートラムのヘレンへの二人称代名詞はていねいな you から見下した thou に変わる。

第三幕

第一場　フィレンツェ、公爵の宮殿

ファンファーレ。フィレンツェ公爵、フランスの貴族二人（G卿とE卿）、兵士の一隊登場。

公爵　さあこれでこの戦争の根本的な理由を
逐一《ちくいち》お聞きになったわけだ、
その勝敗を決するためにすでに大量の血が流され、
これからも更に多くの血が大地の渇きを鎮《しず》めるだろう。

G卿　公爵閣下側の戦闘理由は神聖ですが、
敵側の動機は邪悪で恐ろしい、

そう思えてなりません。

公爵　だから不思議でならないのだ、フランス王はなぜ
これほどの正義の戦いで我が方の
援助要請に胸を閉じてしまうのか。

E卿　公爵、
我が国の政策について確かなことは申し上げられません、
私としては枢密院議員でない一般の者として、
不十分な憶測をもとに上層部の決定を
推《お》し量るしかない、ですから私の考えは
差し控えます、これまでも根拠薄弱な情報に
基づいて当て推量し、そのたびに
はずしてきましたので。

公爵　フランス王の好きにするがいい。

G卿　しかし、間違いなく我が国の若者たちは
安穏《あんのん》な暮らしに倦《う》み疲れており、精神の健康回復のため
毎日のようにやって来るでしょう。

公爵　そういう若者は大歓迎だ、

叶うかぎりの名誉を授けよう。
諸君はそれぞれの地位を十分わかっているな、
上の地位に空きができれば、そこに収まるのは諸君だ。
明日は戦場へ。　（一同退場）

第二場　ルシヨン、伯爵邸

手紙を持った伯爵夫人と道化ラヴァッチ登場。

伯爵夫人　何もかも私がこうなって欲しいと願ったとおりになった。バートラムがあの娘《こ》と一緒に帰ってこなかったのは残念だけれど。

ラヴァッチ　若様は憂鬱病にかかってる、俺はそう思いますよ、間違いない。
伯爵夫人　どうして？　どんな様子なの？
ラヴァッチ　だってさ、ブーツをじっと見ちゃ歌う、*1ブーツの折り返しを直しちゃ歌う、あれこれ質問しちゃ歌う、爪楊枝つかっちゃ歌うんだから。こういう憂鬱病の兆候があって、*2歌ひとつの代金として立派な荘園《しょうえん》を手放しちまった男がいたっけな。
伯爵夫人　息子が何を書いてよこしたか、いつ戻ってくるつもりか、見てみましょう。
ラヴァッチ　宮廷に行ってからこっち、*3イズベルなんかどうでもよくなった。ここら辺の田舎の*4塩鱈《しおだら》とイズベルは、宮廷の塩鱈とイズベルとは出来が違う。俺のキューピッドは頭の中身を搾りとられ、だらんとなっちまった、年寄りが金にしかムラムラこないのとおんなじだ。
伯爵夫人　まあ、なんてことだろう？
ラヴァッチ　書いてあるとおりのことさ。　（退場）
伯爵夫人　（読む）*5「母上に義理の娘を送ります。彼女は王の病気を治し、私を破滅させました。私は彼女と結婚しましたが、寝て

＊1
Mend the ruff and sing. 通常 ruff はエリザベス朝の襞襟（ひだえり）を言うが、ブーツの折り返しという説が有力。前者の場合「襞襟をなおしちゃ歌う」となる。
＊2
歌の売り買いというと、『冬物語』の四幕四場でオートリカスが売る歌を思い出す（ちくま文庫版一四九～一五〇頁参照）。
＊3
Isbel　一幕三場でラヴァッチが話題にしている女性（三〇～三一頁）。
＊4
塩鱈（ling=salt cod）はペニスのこと。
＊5
I have sent you a daughter-in-law. 何という書き方だろう、your

はいません、そして寝ない状態を永久に続けると誓いを立てました。いずれお耳に入るでしょうが、私は脱走しました。その知らせが届く前に、予《あらかじ》めお知らせします。この世に十分な広さがあるかぎり、私は遠くに離れています。母上への義務は尽くします。

あなたの不幸な息子

バートラム」

これは良くない、何て向こう見ずで抑えのきかない子だろう、
あんなに立派な王様のご好意を無にして、
皇帝にさえ見下されないほど
徳高い娘の価値を見そこない、
王のお怒りを招くとは。

ラヴァッチ再び登場。

ラヴァッチ　ああ、奥様、あっちに悲しい知らせが届いた、軍人二人と若奥様が持ってきたんだ。

伯爵夫人　何ごとです？

daughter-in-law（あなたの義理の娘）ですらなく「ある義理の娘」。自分との関係を完全に消去している。

ラヴァッチ　でも、その知らせにはいくらか慰めもある、いくらかはね。息子さんは俺が思ってたほど早くは殺されそうもないからな。

伯爵夫人　どうして殺されなきゃならないの？

ラヴァッチ　奥様、いま聞いたでしょう、脱走して戦場に行ったなら息子さんは俺の言うとおりになる。男を立てて敵に立ち向かったら危険だよ。男は死ぬからね、子供は作れるけど。いまみんなが来るからもっといろいろ聞けるだろう。俺としちゃあ、息子さんが脱走したって聞いただけだ。（退場）

手紙を持ったヘレンと二人の貴族、G卿とE卿登場。

E卿　ご機嫌よう、奥方様。

ヘレン　*奥方様、私の主人は行ってしまいました、永遠に。

G卿　そんなことを言ってはいけません。

伯爵夫人　辛抱なさい。お聞かせいただけますか、お二方。私はこれまで喜びと悲しみの大波に繰り返し幾度も

＊ Madam, my lord is gone. ヘレンの複雑な心理的立場がよく表れている。義理の母に向かってMadamと距離のある呼びかけをし、バートラムをmy lord（私の主人・私の夫）と呼ぶ。一度はmy motherと言ったヘレンだが（二幕四場の冒頭八八頁）。

洗われてきましたので、どちらがいきなり顔を出してきても
女々しく泣くことはありません。息子はどこにいるのでしょう？

G卿　奥方様、ご子息が出奔《しゅっぽん》なさったのはフィレンツェ公にお仕えするためです。
私たちはそこへ向かわれるご子息に出会いました、と申しますのも
私たちはフィレンツェから戻る途中で、フランス宮廷での用事が
済み次第またそこへ行くつもりなのです。

ヘレン　*奥方様、これはあの方の手紙、好きな所へ行けという縁切り状です。
（読む）「お前が私の指から決して抜けることのない指輪を手に
入れ、私を父親とする子供をお前の胎《はら》から産んで見せる時が来れ
ば、私を夫と呼べ。だがそのような時は決してこないと書いておく」
これは恐ろしい宣告です。

＊ Look on his letter, madam; here's my passport. 直訳すれば「彼の手紙をご覧なさい、奥方様、これは私の旅行許可証です」。このpassportにdismissal（解雇通知、放免、退去）という注をつけているテクストもある（オックスフォード版、フォルジャー版）。

伯爵夫人　この手紙はお二人が持ってこられたのですか？

G卿　はい、奥方様、そのような内容のものをわざわざ持参して申し訳ありません。

伯爵夫人　お願い、もう奥様でしょ、元気を出して。[*1] お前が悲しみをぜんぶ独り占めにすれば、私の分を盗むことになりますよ。あの子は私の息子だった、でももうあの子の名前は私の血から洗い落とします、お前ひとりが私の子供です。息子はフィレンツェへ？

G卿　はい、奥方様。

伯爵夫人　軍人として戦うために？

G卿　そういう立派な志《こころざし》をお持ちです。信じてください、フィレンツェ公はご子息にふさわしいと思われるすべての名誉をお授けになるでしょう。

伯爵夫人　お二人ともそちらにお戻りになるのですか？

E卿　はい、奥方様、出来るだけ速く。

ヘレン　（読む）妻を持たぬ身になるまで私はフランスに何一つ[*2]

＊1　I prithee, lady, have a better cheer.　伯爵夫人がヘレンを lady と呼んでいるのは、ヘレンがバートラムと結婚し、伯爵夫人になったから。

＊2　Till I have no wife, I have nothing in France.「何一つ持たぬ」というのは、母すら持たぬということになる。

持たぬ」

伯爵夫人　苦い言葉。そう書いてあるの？

ヘレン　はい、奥方様。

E卿　たぶん手が先走ったにすぎません、心にもないことでしょう。

伯爵夫人　フランスには何一つ持たぬ、妻を持たぬ身になるまでは！

ここフランスにあの子にとって良すぎるほどのものは、この娘《こ》以外何一つないのに。そしてこの娘《こ》は、ああいう無礼な若造が二十人がかりでお仕えする貴族に連れ添って、絶えず奥様と呼ばれる価値があるのに。息子のそばには誰が？

E卿　召使いが一人だけ、そして私も以前会ったことのある紳士が一人。

伯爵夫人　パローレスでは？

E卿　はい、奥方様、そうです。

伯爵夫人　汚《よご》れきった男で、邪悪のかたまりです。息子がせっかく受け継いだ良い性質も、あの男に感化されて腐ってしまう。

E卿　まさに、奥方様、あの男はそういう影響力が強過ぎるほどですが、お陰でずいぶんいい思いをしているようです。

伯爵夫人　お二人とも、ようこそ。息子にお会いになったら、どうかお伝えください、いくら剣をふるっても失った名誉は取り戻せないと。もっと言いたいのですが、それは手紙に書きますのでお届けいただきとう存じます。

G卿　どんなことであれ、奥方様のご用なら喜んで務めます。

伯爵夫人　それならお返しにおもてなししなくては。どうぞ奥へいらしてください。（G卿、E卿と共に退場）

ヘレン　「妻を持たぬ身になるまで私はフランスに何一つ持たぬ」。フランスには何一つ、あの人が妻を持たぬ身になるまでは。

＊あなたは何一つ持つ気はないのね、ルシヨン、フランスには何一つ。
それならまた何もかも持たせてあげる。かわいそうに、
あなたをあなたの国から追い出し、しなやかな体を
情け容赦のない戦争の危険にさらさせるのは
私なの？　あなたを楽しい宮廷から追い立て、
そこで美しい目の一斉射撃を受けていたあなたを
硝煙に煙るマスケット銃の的になるよう仕向けたのは
私なの？　ああ、火を吹きながら猛スピードで
飛ぶ鉛の弾丸よ、的をはずしてちょうだい、
切り裂かれてもすぐ元どおりになる空気を、
うなりを上げて歌う空気を震わせるだけにして、
私の主人には触れないで。誰が発砲しようと、
あの人をそこに立たせるのは私。誰があの人の胸板《むないた》を
襲おうと、あの人をそういう目に遭わせる人でなしは私、
あの人を殺すのは私でなくても、あの人に死を
もたらす原因は私。いっそのこと

＊この独白内でヘレンがバートラムに対して使う二人称代名詞はyouではなく、彼の妻としての親密さを表すthou (thy, thee)。

激しい飢えにさいなまれて吠え猛《たけ》る
獰猛《どうもう》なライオンに出会うほうがまだましだ。
自然界のありとあらゆる不幸を一身に背負うほうが
まだましだ。駄目、ルシヨン、戦場から戻りなさい、
そこでは名誉が危険を冒して勝ち取るのは傷一つ、
そのせいで命まで失うこともある。私が出てゆこう。
私がここに居ることがあなたをここから遠ざけている。
それなのにここに留まっていられるだろうか？　駄目、駄目、
たとえこのお邸に天国の風が吹き、天使たちが
家事をとりしきってくれるとしても。出てゆこう、私が、
情け深い噂が私の失踪を伝え、あなたの耳を
慰めてくれますよう。夜よ、来い。昼よ、終われ。
闇にまぎれてこっそり自分を盗み出す私は、哀れ。
（退場）

第三場　フィレンツェ

ファンファーレ。フィレンツェ公爵、バートラム、太鼓手とラッパ手たち、兵士たち、パローレス登場。

公爵　君が*我が騎兵隊の指揮官だ、私は
期待に胸ふくらませ、前途洋々たる君の運命に
最高の愛と信頼を寄せよう。
バートラム　公爵、
私の力に余る重責ですが、敬愛すべき公爵の
おためとあらば、いかなる危険を冒しても
誠心誠意つとめる所存です。
公爵　では出陣したまえ、
運命の女神が君の愛人となって幸運をもたらし、
その栄《は》えある兜《かぶと》をきらめかせますよう。

＊ 公爵がバートラムに対して使う二人称代名詞は thou、臣下を下に見る姿勢と同時に親密さも感じられる。公爵自身は一人称として「君主の we」を使っている。

バートラム　偉大なる軍神マルスよ、今日この日から、私はあなたの隊列の一員になる。私を私の思いどおりの男にしてくれ、そうしたら軍鼓を愛し、愛を憎悪すると証明してみせるから。（一同退場）

第四場　ルシヨン、伯爵邸

伯爵夫人、執事のリナルドー登場。

伯爵夫人　ああ！　それでお前、黙ってこの手紙を受け取ったの？　あの子が私に手紙を寄越すなんて、余程のことでしょう、こういうことをしそうだと気づかなかったの？　もう一度読みなさい。

リナルドー　（読む）「私は聖ヤコブ様の巡礼となって旅に出ます。[*1]
高望みした恋の報いはあまりに重く、
冷たい大地を裸足で歩《あゆ》み、私の過《あやま》ちを償《つぐな》うと
聖ヤコブ様に誓いました。手紙を、手紙を
お書きください、誰よりも愛しい私の主人、あなたの愛しい
ご子息が、血なまぐさい戦場から急ぎ戻ってこられるように。
平穏なお邸で彼を祝福してください、私は遠くから
彼の名を熱心に唱え、祈り崇めますから。
私がかけた苦労を許すよう彼にお命じくださいませ。
彼を宮廷の友人たちから引き離し、野営する敵に向き合わせ、
死と危険が優れた人々を追い回す
戦場に送り出した残酷な女神ジュノー[*2]は私です。
彼は死の手や私の手に落ちるには立派すぎます、
私が夫の代わりに死を抱きしめ、彼を自由の身にします」

伯爵夫人　ああ、こんなに穏やかな言葉に何と鋭い棘《とげ》が！
リナルドー、こういう落ち度とは無縁だったあなたが、

＊1
Saint Jacques　シェイクスピアの作品ではセント・ジェイクイーズと発音。聖ヤコブの墓があるとされるスペイン北西部のサンティアゴ・デ・コンポステラはヨーロッパ有数の巡礼の地。そこを目指す巡礼者たちは、帽子に帆立貝の殻をつけ、杖を手にしていた。『ハムレット』四幕五場でオフィーリアが歌う歌でも語られている（ちくま文庫版一九五頁参照）。

＊2
His taken labours bid him me forgive./ I, his despiteful Juno, sent him forth. ジュノー（ユノー）はローマ神話の最高神ジュピター（ユピテル）の妻（ギリシャ神話のヘラ）、女性と結婚の守護神。ここではジュ

黙って出て行かせたのですか。私が直《じか》に話していれば、
あの子の気持ちを変えられただろうに、
こうして出し抜かれてしまった。

リナルドー　申し訳ございません、奥方様、
昨晩これをお渡ししていれば、追いついて
お引き止めできたかもしれません。もっともここに
追いかけても無駄だと書いておいでですが。

伯爵夫人　どこの天使が、夫として
こんなに取り柄のない*1男を祝福するというの？　息子がこのまま
順風満帆《まんぱん》なわけがない、天がヘレンの祈りを喜んで聞き届け、
息子に向けた大いなる正義の怒りを和らげてくださるなら
別だけれど。*2手紙を、手紙を書いて、リナルドー、
妻を持つに値しないあの夫に宛てて。
ひと言ひと言にヘレンの値打ちの重さを込めなさい、
息子はそれを軽《かろ》んじているのだから。私の深い嘆きを、
息子は少しも感じていないけれど、手厳しく書いてやりなさい。

ノーがヘラクレスを憎み、十二の難行（twelve labours）を課したことを踏まえている。

＊1
What angel shall/ Bless this unworthy husband? ヘレンが手紙の中で「平穏なお邸で彼を祝福してください（Bless him at home in peace.）」と頼んだことへの拒否と言える。

＊2
Write, write, Rinaldo. ヘレンが手紙に「手紙を、手紙をお書きください(Write, write, that from the bloody course of war...)」と書いたことに影響されている。

適任者を選んですぐ出発させるのよ。
あの娘《こ》が出て行ったと聞けば、たぶん息子は戻ってくる、
息子が戻ってくれば、それがあの娘の耳に入り、
曇りのない愛に導かれて、また急いでこちらへ
足を運ぶかもしれない。二人とも私にとっては
大切でかわいい。どちらが大切か区別が
つかないほど。使いの者を見つけて仕度をさせなさい。
私の心は重く、歳のせいで体もすっかり弱ってしまった、
嘆きが涙を呼び寄せ、悲しみが口をきかせるだけだ。

（二人退場）

第五場　フィレンツェ

遠くでラッパの吹奏。フィレンツェの老未亡人、その娘ダイアナ、マリアナ*、その他の市民たち登場。

未亡人　いえ、こっちがいい、軍隊が街に入ってきたら、見物人が混み合って見そびれるかもしれないから。
ダイアナ　フランスの伯爵が大手柄を立てたそうね。
未亡人　噂では、敵の最高司令官を捕虜にして、シエナ公爵の弟をご自分の手で殺したんですって。（ラッパの吹奏）無駄足だったわね、隊列は別の道を行ってしまったらしい。聞いて、ラッパの音が。
マリアナ　じゃあ、帰りましょう。あとで様子を聞いて満足することにして。ねえ、ダイアナ、そのフランスの伯爵には用心なさい。若い娘の名誉は良い評判。純潔以上に大切な宝はないのよ。

＊マリアナの次にヴァイオレンタ（Violenta）を入れてあるテクストもある。この名前がFにあるからだが、ヴァイオレンタの台詞はない。シェイクスピアが未亡人の娘の名前をヴァイオレンタにするつもりだった名残という説あり。

未亡人　お隣さんに聞いてもらったの、あなたが伯爵のお連れの紳士にしつこく口説《くど》かれているって。

マリアナ　知ってる、あれはワルよ、くたばるがいい！　パローレスっていうの、若い伯爵を唆《そそのか》す汚らわしい取り持ち役でね。あの二人には要注意よ、ダイアナ。約束したり、誘ったり、誓いを立てたり、贈り物をくれたりするけれど、そんなのはみんな情欲が仕掛けた罠で、見掛け倒しの嘘っぱち。それに騙された若い娘はごまんといる。でも悲惨なのはね、処女を失うという恐ろしい前例があるのに、同じ目に遭わないように用心するどころか、次から次へとまるで鳥もちにかかる小鳥みたいに捕まってしまうこと。だけどあなたにはこれ以上忠告する必要はないわね。もともと備わる品格のおかげで道を踏み外しはしないだろうから、もっとも、仮に踏み外したとしても、処女を失う以上の危険はないけれど。

ダイアナ　私のことなら心配ご無用。

巡礼姿のヘレン登場。

未亡人　そうね。あら、巡礼だ。きっとうちにお泊りになるわ。
巡礼同士でうちを薦めてくれるから。訊いてみよう。
ご機嫌よう、巡礼さん！　どちらへお参りですか？
ヘレン　聖ヤコブ様のご墓所へ。
未亡人　巡礼の宿泊所をご存じですか？
ヘレン　街の門のそばにある聖フランチェスコ館です。
未亡人　この方角ですか？　　　　　（遠くで行進の音）
ヘレン　ええ、そうです。おや、こっちへ来る。
未亡人　巡礼さん、あの一隊が通り過ぎるまで
お待ちなさい、そうすれば
私がお宿までご案内します、
その宿の女将《おかみ》さんをよく知っていますから、
私自身と同じくらいに。
ヘレン　あなたが女将さん？
未亡人　それでよろしければ、巡礼さん。

ヘレン　ありがとう、それなら待ちましょう。
未亡人　あなた、フランスからいらしたの？
ヘレン　そうです。
未亡人　いまここにお国の方がみえますよ、
　なんでも立派な手柄を立てたんですって。
ヘレン　お名前は何と？
ダイアナ　ルシヨン伯爵。ご存じですか？
ヘレン　噂は耳にしました、とても立派な方だとか、
　でもお顔は知りません。
ダイアナ　どういう方であれ、
　ここではとても崇拝されています。聞いた話ですが、
　フランスからこっそり逃げていらしたそうです。
　王様の命令で、好きでもない人と
　結婚させられたからだとか。本当だとお思いですか？
ヘレン　ええ、確かに事実です。私、奥様を知っています。
ダイアナ　伯爵のお付きのある紳士は、その方を
　口汚くけなしています。

ヘレン　何という人ですか？

ダイアナ　ムッシュー・パローレス。

ヘレン　ああ、私もその人と同じ意見です。彼女に褒めるべき点があるかとか、立派な伯爵と比べてどうかということが問題なら。なにしろわざわざ名前を出す価値もないほど卑しい身分ですから。取り柄といえば堅く純潔を守ってきたことだけ、それが疑われたという話は聞いたことがありません。

ダイアナ　ああ、気の毒な方！　奴隷と同じ辛《つら》さだわ、妻になってもご主人に嫌われるなんて。

未亡人　その善良な方がどこにいらっしゃるにしろ、お心は悲しみに沈んでいるでしょう。この娘《こ》は、その奥様にひどい仕打ちができるのです、しようと思えば。

ヘレン　どういう意味ですか？　その女好きの伯爵がこの娘さんに言い寄っているのかしら、不貞を働くつもりで。

未亡人　そう、そうです、
柔らかな処女の名誉を台無しにできる
あの手この手を使って持ちかけてくる。
でもこの娘《こ》は伯爵に対して油断なく構え、
しっかり警戒して純潔を守っています。

太鼓手と旗手たち。バートラム、パローレス、全軍、登場。

マリアナ　でなきゃ大変！
未亡人　ほら、やっと来ましたよ。
あれは公爵のご長男のアントーニオ。
あれはエスカラス。
ヘレン　フランスの伯爵は？
ダイアナ　あの、
兜に羽根飾りをつけた、いちばん格好いい人。あれで
愛妻家なら言うことないんだけど。もっと品行方正だったら
もっと素敵なのに。

ハンサムな紳士じゃない？

ヘレン　私、好きだわ。

ダイアナ　品行方正じゃなくて残念。あそこに来たのが例のワル、伯爵をいかがわしい場所に連れていく男です。私が奥様ならあの悪党に毒を盛ってやる。

ヘレン　どの男？

ダイアナ　あのサッシュをつけた気障《きざ》な猿。どうして落ち込んでるのかしら？

ヘレン　戦場で負傷したんでしょう。

パローレス　我が隊の軍鼓を失くすだと？*　いやあ！

マリアナ　何かひどく悩んでいるみたい。見て、私たちに気づいたわ。

未亡人　（パローレスに）くたばるがいい！

マリアナ　（パローレスに）そのお辞儀、とりもち役にぴったり！

（バートラム、パローレス、軍隊、退場）

未亡人　軍隊は行ってしまった。さあ、巡礼さん、宿までご案内しましょう。罪の償いのため聖ヤコブ様に

＊　軍鼓を失くすのは軍旗を失くすに等しい失態だった。

お参りすると誓いを立てた方々が、
もう四、五人うちにおいでになっています。
ヘレン　ありがとうございます。
よろしければ、今夜はこちらの奥さん[*1]と
この優しい娘さんと一緒に食事をしたいのですが。
費用は感謝をこめて私がお払いします。それに、
お礼のしるしに、この娘さんのためになることを
お教えしましょう。
二人[*2]　喜んでお受けします。　（一同退場）

*1
this matron and this gentle maid　マリアナとダイアナのこと、matronとは「年長の既婚女性」。この時点ではヘレンはまだダイアナが未亡人の娘だということを知らない。
*2
BOTH「両名」ということだが、この二人が誰か、Fには明記されていない。アーデン3は「マリアナとダイアナ the matron and the gentle maid」だろうとしている。

第六場　フィレンツェの陣営

バートラムと二人のフランス人貴族、E卿とG卿、登場。

E卿　いや、伯爵、まずやらせてみたらいい、彼がどう出るか見るのです。

G卿　それでやつが卑怯者でないと分かれば、いくらでも私を馬鹿になさって結構。

E卿　賭けてもいい、あれはぺてん師のアブク野郎です。

バートラム　それほど私があの男にたぶらかされていると思うのですか？

E卿　信じてください。これは私が直《じか》に見聞きしたことで、悪意など一切なく、自分の身内のつもりで言っているのです。あれは桁外《けたはず》れの卑怯者だ、限度も限界もない大嘘付きだ、一時間ごとに約束を破る、いいところなど欠片《かけら》もない、閣下が目をかけてやるに値しない下郎《げろう》です。

G卿　やつの正体を知っておくに越したことはありません。あの無きに等しい勇気を信用しすぎると、大仕事の真最中に閣下を見捨てて危険に陥《おとしい》れかねない。

バートラム　どうすれば彼を試せるだろう。

G卿　やつの太鼓を奪還させるのが一番です。自信満々で取り返してみせると言っているのをお聞きでしょう。

E卿　私がフィレンツェ軍の一隊を率いて不意を突いてやります。やつには敵か味方か見分けがつかない者ばかりで。寄ってたかってやつを縛り上げて目隠しし、敵陣に運び込まれたと思い込ませる、実は我が軍のテントに連れてくるんですがね。閣下には尋問に立ち会っていただけば十分です。命は助けると約束すれば、卑しい臆病風に吹きまくられて閣下を裏切り、閣下に不利な機密情報を洗いざらい吐くでしょう、魂が劫罰《ごうばつ》を受けてもかまわないと誓って。これが間違っていたら、今後私の判断は一切信用なさらなくて結構です。

G卿　大いに笑ってやりましょう、やつを太鼓を取り戻しに行かせてください。自分でも策があると言ってるんですから。閣下がその結果を底の底まで見極め、見掛け倒しの金の塊が一皮剝けばどんな卑しい地金《じがね》を出すかをご覧になり、それでもまだ*あの太鼓野郎を叩き出さずに抱《かか》えておかれるなら、やつに対する閣下の依《え》怙《こ》贔屓《ひいき》にはつける薬がありません。ほら来ましたよ。

*
...if you give him not John Drum's entertainment
「ジョン・ドラムのもてなしをする」とは太鼓を擬人化した言い方で、「無理やり誰かを追い払う」、文字通り「叩き出す」を意味する。ここでは太鼓にこだわっているパローレスにぴったり。

パローレス登場。

E卿　（バートラムとG卿に）さあ、笑ってやりましょう、あいつの名誉をかけた計画を邪魔せず、是非、太鼓の奪還に送り出してやってください。

バートラム　どうした、ムッシュー？　太鼓のことが頭を離れないようだな。

G卿　くだらん！　ほっとけ、たかが太鼓じゃないか。

パローレス　たかが太鼓？　たかが太鼓ですと？　あんなかたちで失くしたのに？　いやあ、実に結構なご命令でした、味方の両翼に騎馬隊を突っ込ませ、我が軍を蹴散らしてばらばらにしたんだから。

G卿　あれは戦争につきものの失策だ。シーザーがあの場にいて命令を出したとしても防げなかっただろう。

バートラム　まあな、ああいう結果を糾弾《きゅうだん》することはできない。太鼓を失くしたのはちょとした不名誉だが、取り返しようがない。

パローレス　取り返せたかもしれない。

バートラム　かもしれないが、もう駄目だ。

パローレス　取り返せます。戦場での手柄がそれを実行した兵士のものにされることは滅多にない、でなければ、あの太鼓だろうとどの太鼓だろうと取り返してみせます。駄目だったら「ここに眠る」*といきましょう。

バートラム　ほほう、その勇気があるならやってみろ、ムッシュー！　君の巧妙な戦略であの名誉の太鼓を元の場所に戻せると思うなら、勇気凛々で実行するがいい。その試み自体が立派な大手柄だと敬意を表《ひょう》そう。首尾よく行けば、公爵もお褒めになるだけでなく、ご身分にふさわしい恩賞を賜るだろう、君のごく小さな功労まで考慮に入れて。

パローレス　軍人としてのこの手にかけて、やります。

バートラム　しかし一時《いっとき》もぐずぐず出来ないぞ。

パローレス　今夜取りかかります。すぐに幾つか選択肢を書き出し、確実な手を選んで決死の覚悟を決めます。深夜までにはもっといろいろお伝えしますからお楽しみに。

＊ hic iacet　英訳すると here lies（ここに横たわる）という意味のラテン語。墓碑銘に多く見られるという。

バートラム　公爵にお知らせしてもいいかな？
パローレス　どういう結果になるか分かりませんが、閣下、やると誓います。
バートラム　お前が勇敢なのは分かっている。お前に軍人としてどれほど能力があるか、私が保証してやろう。幸運を祈る。
パローレス　私は多弁を好みません。（退場）
E卿　ならば魚も水を好まぬことになる。妙な男じゃありませんか、閣下、出来ないと分かっていることをやって見せると自信満々だ。やらなければ地獄に堕ちてもいいと言いながら、やるより地獄堕ちのほうがましだと思っている。
G卿　閣下は我々ほどやつのことがお分かりでない。間違いない、やつは人に取り入って一週間は猫をかぶっていますが、こっちが正体を摑《つか》めばしめたもの、二度とごまかされません。
バートラム　しかし、あんなに真剣にやると言い切ったんですよ、それを全くやらずに済ますと思いますか？
E卿　絶対やりませんね、何か事情をでっちあげて戻ってきて、もっともらしい嘘を二つか三つ並べ立てるのが落ちです。だがもうほとんど追い詰めました。今夜ぶっ倒してお目にかけます。実際、閣下の信頼に値しないやつですから。

G卿　あのキツネ野郎、皮を剝ぐ前に、いいオモチャにしてやりましょう。やつを真っ先に燻《いぶ》し出したのは老ラフュー卿です。化けの皮が剝がれたら、とんでもない雑魚《ざこ》だと分かるでしょう、しかも今夜中に。

E卿　鳥もちを塗った枝を用意しなくては。やつは必ず捕まえます。

バートラム　（G卿に）弟さんには私と一緒に来てもらいたいのだが。

G卿　どうぞよろしいように。私はこれで。（退場）

バートラム　さてと、これから例の家に案内し、お話ししたその女の子＊を見てもらおう。

E卿　しかし彼女はお堅いのでしょう？

バートラム　それが玉に瑕《きず》だ。一度だけ話をしたが、恐ろしく冷たい。その後、我々が追い詰めようとしているあのめかし込んだ馬鹿を使って、手紙や小物を届けたんだが、

＊ (I will) show you the lass I spoke of. 「女の子」と訳した原文は the lass で、シェイクスピアは戯曲三十七本の中でこの語を八回しか使っていない。無論この lass はダイアナのことだが、バートラムが彼女を一段低く見ている表れと言えないだろうか。

ぜんぶ突っ返された。私がやってみたのはそれがすべてだ。きれいな娘《こ》だよ。見に行くかい?

E卿　喜んで、閣下。

（二人退場）

第七場　フィレンツェ、未亡人の家

ヘレンと未亡人登場。

ヘレン　私がその本人だということをお疑いなら、これ以上証明のしようがありません、夫と対面して私の計画を台無しにするなら別ですが。

未亡人　こんなに落ちぶれていますけれど、私は良い家の出です。こういうことには手を染めたことがありません、汚《よご》れたことに関わって、評判を落としたくないのです。

ヘレン　そんなことは私も望んでいません。何よりもまず信じてください、伯爵は私の夫です、他言《たごん》しないと誓っていただいたうえで私が打ち明けたことは一言一句真実です。ですから私に力を貸してくださっても、それが法に触れることはありません。

未亡人　信じましょう、あなたの高く豊かなご身分を証明することをいろいろお示しになりましたから。

ヘレン　財布をどうぞ、この金貨でこれまでのご親切を買わせてください、実際に力を貸してくださった時には、お礼としてこの何倍も差し上げます。伯爵はあなたの娘さんに言い寄り、その美しさを包囲する淫らな砦《とりで》を築き、絶対にモノにすると心を固めています。最終的に娘さんにはうんと言わせ、どう事を運ぶのが一番かはあなたと私で教えましょう。いま彼は根強い欲望の虜《とりこ》ですから、娘さんが欲しいと言えば何であれ拒みません。伯爵は指輪を嵌《は》めていますが、それは初代のご先祖に始まり伯爵家の息子から息子へと四代か五代ものあいだ受け継がれてきたものです。その指輪は伯爵にとって何よりも貴重な宝ですが、痴情に身を焼くいま、肉欲を満たすためなら安いものだと思うでしょう、あとでいくら後悔するとしても。

未亡人　これでもう
あなたのお考えがすっかり分かりました。

ヘレン　では法に触れないのもお分かりですね。娘さんは、言いなりになると見せかけて、指輪が欲しいと言い、彼に会うと約束してくれればいいのです。
つまり私が代わってその時間を埋めますから、
娘さんはそこには行かず、清らかなままです。その後、

先ほどのお礼に加え、娘さんの結婚資金として
三千クラウン差し上げます。

未亡人　承知しました。
どう段取りをつければいいか娘にご指示ください、
そうすればこの合法的な詐欺にふさわしい時と場所を
決められます。伯爵は毎晩いろいろな楽器を持った
楽師たちを連れておみえになり、取るに足りない
あの子のために作られた歌を歌わせます。我が家の
窓辺にはお近づきにならぬようきつく申し上げても
無駄です。まるで命を懸けたようなご執心ぶりなので。

ヘレン　では、今夜
計画どおりにやってみましょう、首尾よくいけば、
*向こうの動機は悪くても行為は合法的ですし、
こちらの動機は合法的でも行為は悪いことになります、
どちらも罪にはならないけれど、罪深い行為です。
とにかく取り掛かりましょう。　（一同退場）

＊ (Our plot) Is wicked meaning in a lawful deed,/ And lawful meaning in a wicked act,/ Where both not sin, and yet a sinful fact.　謎めいた言い方だが、最初の文はバートラムについて言っており、ダイアナと寝ようという動機は不倫なので×だが、実際には妻と寝るのだから行為としては○。二つ目の文はヘレンについて言っており、夫と寝るのだから動機は○、だが騙して嵌めるのだから行為としては×。三つ目の文は二人について言っており、実際夫婦なのだから寝ても罪ではないが、ヘレンは夫を陥れ、バートラムは形としては不倫をしたので、二人で寝たのは罪深い、となる。

第四幕

第一場　フィレンツェ軍の陣営近く

G卿が五、六人の兵士と共に登場。待ち伏せする。

G卿　この生垣《いけがき》の角を曲がって来るしか道はないはずだ。飛び出して襲いかかったら、何でもいいから恐ろしい言葉を喚《わめ》きたてろ。自分でも何言ってるか分からなくてもかまわん。やつの言うことが俺たちに通じないと思わせりゃいいんだ、ただし一人は別だ、通訳をやってもらうからな。

兵士1　隊長、私にやらせてください。

G卿　やつと知り合いじゃないだろうな？　声を知られていない

よな？

兵士1　はい、大丈夫です。

G卿　だが俺たちに答えるとき、どんな出まかせを言う気だ？

兵士1　隊長の口ぶりに合わせます。

G卿　俺たちが敵に雇われた外人部隊だと思わせねばならん。だがやつはこの辺りの言語はぜんぶ聞きかじっている。だから、こっちはそれぞれ思いつくままにでたらめをまくしたてるのだ、お互い言ってることが分からなくていい。分かっているように見えれば、目的は果たせる。*ピーチクパーチク言ってりゃ十分だ。だがお前は通訳だから、うまく立ち回らねばならん。おい、伏せろ、来た。やつめ、二時間ほど眠ってやり過ごし、それから戻ってでっち上げた嘘を吐《つ》こうって腹だ。

パローレス登場。

パローレス　十時か。あと三時間足らずで戻っていい時刻だ。何をしてきたって言おうかな？　よっぽどもっともらしい話をでっ

＊ Choughs' language, gabble enough and good enough. chough は辞書ではベニハシガラスだが、小型のカラスの総称で、特に人真似をする jackdaw（ニシコクマルガラス）を指す。

ちあげないと納得してもらえないぞ。連中は俺の尻尾をつかみかけていて、このところ赤っ恥がしきりに俺の戸を叩きやがる。俺の舌はがむしゃらで怖いもの知らずだが、心臓のほうは軍神マルスやその手下の兵士たちが怖くて怖くて、舌の言うことなんか聞こうともしない。

G卿 （傍白）お前の舌が疚《やま》しくなって初めてドロを吐いたな。

パローレス どこの悪魔だ、俺を唆《そそのか》して太鼓を取り戻そうとさせやがって、俺だって出来っこないのは分かってるし、そんなことする気がないのも分かってるのによ。自分でいくつか傷をつけて、戦闘中に負傷したと言おうか。だがかすり傷じゃ駄目だ。「それっぽっちの傷で尻尾巻いたのか？」と言われる。だが大きな傷をつける度胸はない。じゃあ、何を証拠にすればいい？　くそ、舌め、[*1]バター売り女の口にお前を突っ込んで、かわりにトルコの[*2]バジャゼ王おかかえの舌なし奴隷でも雇わなきゃな、お前のおしゃべりが俺をこういう危険な目に遭わせるんだから。

G卿 （傍白）あんなに自分が分かっているのに、よくあんな自分でいられるなあ。

＊1　butter-woman　おしゃべりの代名詞、というか代表。

＊2　Bajazet's mute　バジャゼはクリストファー・マーロウが書いた戯曲『タンバレーン大王』に登場するトルコの王。『ヘンリー五世』一幕二場で王が「余の墓なぞ／舌を抜かれたトルコ王宮の奴隷ほどの声もなく（our grave,/ Like Turkish mute, shall have a tongue-less mouth）」と言うように、トルコ宮廷の奴隷が秘密を口外しないよう舌を切られていたことを、ここでも踏まえている。Fには Bajazet's mule（バジャゼのラバ）とあるが、アーデン3は mule を mute に校訂。

パローレス　この服を切り裂くか、このスペインの剣を刃こぼれさせるか、それでうまく行けばいいんだが。[*1]
G卿　（傍白）そうはさせん。
パローレス　あるいはこの髭を剃《そ》り落し、計略でそうしたと言おうか。
G卿　（傍白）うまくいくもんか。
パローレス　あるいは服を脱いで水に沈め、身ぐるみ剝がれたと言おうか。
G卿　（傍白）無理だね。
パローレス　砦の窓から堀を目がけて飛び降りたと誓えば――
G卿　（傍白）深さは？
パローレス　水深五十メートル余り。[*2]
G卿　（傍白）遠大な誓いを三度立ててもそんな話は信用されんぞ。
パローレス　敵の太鼓が手に入らないかなあ。そうしたら取り返して来たと言えるんだが。
G卿　（傍白）すぐに敵の太鼓を聞かせてやる――
パローレス　いま敵の太鼓が――。

＊1　当時のヨーロッパでは、スペインのトレド産の剣が最良だとみなされていた。

＊2　Thirty fathom.「尋（ひろ）」と訳されるfathomは主に水深の単位、一ファザムは六フィート、約一・八三メートル。

舞台奥で太鼓による警報。

G卿 (傍白)スローカ・モーヴスス、カルゴー、カルゴー、カルゴー。

兵士一同 カルゴー、カルゴー、カルゴー、ヴィリアンダ・パル・コルボ、カルゴー。

(一同でパローレスをつかまえ、目隠しする)

パローレス ああ、身代金、身代金を払う! 目隠しはやめてくれ。

兵士1 ボスコス・スロムルドー・ボスコス。

パローレス そうか、モスクワ連隊の方々ですな、私は言葉が分からないせいで命を落とすわけだ。そこにドイツかデンマークかオランダ、あるいはイタリアかフランスの方がおいでなら、私に話しかけてください。フィレンツェ軍を壊滅させる情報を明かしますから。

兵士1 ボスコス・ヴァウヴァドー。お前の言うことが分かる、

お前の言葉を話せる。ケレリボント、さあ、祈りを唱えろ、
十七本の短剣がお前の胸に突きつけられているんだから。

パローレス　ああ！

兵士1　祈れ、祈れ、祈れ！　マンカ・レヴァニア・ダルチェ。

G卿　オスコルビダルチョス・ヴォリヴォルコー。

兵士1　将軍はお前の命を助けてもいいとおっしゃっている、
そして目隠ししたままお前をここから連れ出し、
お前から情報をお聞きになる。何かいいことをお知らせすれば
お前の命は助かるかもしれん。

パローレス　ああ、私を生かしてください、
そうすれば我が陣営に関する機密を洗いざらいバラします、
兵力も、作戦計画も、いやそれどころか、皆さんが
びっくりするようなことをお話しします。

兵士1　だがお前、嘘はつかんだろうな？

パローレス　嘘をついたら、地獄に堕としてください。

兵士1　アコルド・リンタ。さあ、来い、少しは命がつながったな。

（警護されたパローレスと共に退場）

奥で短い太鼓の警報。

G卿　ルシヨン伯爵と俺の弟のところへ行って報告しろ、アホウドリを捕まえました、目隠しをし、猿轡《さるぐつわ》を嚙ませてご沙汰を待っておりますと。
兵士2　隊長、了解です。
G卿　やつは我々の機密をすべて我々にばらすでしょう、そうお伝えしろ。
兵士2　そうお伝えします。
G卿　それまでは目隠ししてしっかり閉じ込めておこう。

（一同退場）

第二場　フィレンツェ、未亡人の家

バートラムとダイアナ登場。

バートラム　あなたの名前はフォンティベル*だそうだね。
ダイアナ　いいえ、伯爵様、ダイアナです。
バートラム　処女の守護神の名か、
あなたはその名にふさわしい、いや、それ以上だ。
だが、その美しい体に愛の居場所はないのですか?
生き生きとした青春の火が点《とも》っても心が燃え上がらないなら、
あなたは生身《なまみ》の娘ではなく石像だ。
あなたは死んでも今のあなたと同じだろう、
だってこんなに冷たくて厳しいのだから、しかし
いまあなたは、愛らしいあなたの種を宿した時の
あなたの母上を見習わなくては。
ダイアナ　その時の母は不貞をしたのではありません。
バートラム　今のあなただってそうだ。

＊ Fontybell　意味は「美しい泉」。

ダイアナ　いいえ、
母はひたすら務めを果たしたのです。伯爵様、あなたが
奥様に果たすべき務めを。
バートラム　もうその話はやめだ！
頼む、誓いを破らせようとしないでくれ。
あの女には無理やり結婚させられた、僕が愛するのは君だ。*
君を愛さずにいられない、そして永遠《とわ》に
全身全霊を込めて僕《しもべ》として君に仕える。
ダイアナ　ええ、そうやって私たち女が使えるうちは
お仕えくださる。でも私たちのバラ花を摘んでしまえば、
私たち自身を刺す棘《とげ》だけを残して
私たちを残り物だと馬鹿にするのです。
バートラム　僕はあんなに誓ったじゃないか！
ダイアナ　真実を生み出すのはたくさんの誓いではなく、
真実を誓う飾り気のないただ一つの誓いです。
私たちはみな神聖なものにかけて誓い、
至高の神を証人とします。どうかお答えください、

＊
...but I love thee.　バートラムがダイアナに対して使う二人称代名詞はここでyouからthouになる。

もし私が神かけてあなたを一心に愛すると誓えば、
その誓いを信じますか、そのとき私が
あなたに悪意をいだいていても？　愛する神にかけて
その神を裏切るようなことを誓うのは矛盾ですし、
間違っています。ですからあなたの誓いは
言葉だけ、捺印のない証文にすぎません、
少なくとも私の考えでは。

バートラム　そんな考えは変えてくれ、変えてくれ！
君は神聖で残酷だ、やめてくれ。愛は神聖だ、そして
僕には節操がある、あなたが非難する男の手管《てくだ》など
まったく知らない。もうそんなにつれなくしないで、
君が欲しくて病気になった僕に身を任せてくれ、
そうすれば僕は治る。僕のものになると言ってくれ、
そうすれば僕の愛は今と同じくいつまでも変わらない。

ダイアナ　そう、男の人はそういう罠に縄《なわ》を張って*
私たちに身を捨てさせる。その指輪をください。

バートラム　貸してあげよう、可愛い人、これを手放す権限は

＊　Fには I see that men make rope's in such a scarre, とある難解な文で、この rope's は ropes とか rope us などと解釈されてきた。要は男が女をものにしようと罠にかけるということで、rope us 説をとるアーデン3に従った。また、scarre は snare と校訂。

私にはないのだ。

ダイアナ　ないのですか、伯爵様？

バートラム　この指輪は我が一族の名誉で、
何代にもわたって先祖から遺贈されてきた、
それを失くすのはこの世で最悪の
不祥事です。

ダイアナ　私の名誉もその指輪と同じです。
私の純潔は我が一族の宝石で、
何代にもわたって先祖から*遺贈されてきた、
それを失くすのはこの世で最悪の
不祥事です。こうしてあなた自身の賢明な言葉が
私の名誉を守る戦士を呼び寄せました、
それがあなたの襲撃を無効にしてくれます。

バートラム　さあ、指輪だ、取りたまえ。
僕の家も、名誉も、そう、僕の命も君のものだ、
君の命じるとおりにしよう。

ダイアナ　では真夜中に私の部屋の窓を叩きなさい、

＊ My chastity's the jewel of our house,/Bequeathed down from many ancestors,/… ダイアナは直前のバートラムの台詞 It is an honour 'longnng to our house,/Bequeathed down from many ancestors,/ をなぞっており、「(人に)(動産を) 遺言で譲る、遺贈する」という意味の bequeath を効果的に使っている。「あなたご自身の賢明な言葉 (your own proper wisdom)」を、つまり変奏された彼の言葉全体を、そのまま彼への反撃の武器にしているわけだ。

母には聞かれないよう手を打っておきます。
さあ、いいですか、堅く約束していただきます、
まだ処女である私のベッドを征服なさっても、そこに
留《とど》まるのは一時間だけ、私に話しかけることも禁じます。
それには揺るがぬ理由があるのですが、いずれこの指輪を
お返しする時にすべてお分かりになるでしょう。
そして今夜、あなたの指には別の指輪を*
嵌《は》めて差し上げます。この先なにが起きようと、
私たちの過去の行いを未来に伝える証拠になるようにと。
それまでさようなら。申し上げた通りになさって。あなたは
私によって妻を勝ち得、そのせいで私は望みを失った。
バートラム　地上に天国を得たのだ、君の愛を求めて。（退場）
ダイアナ　長生きしてそのことを天と私に感謝なさいますよう！
結局そうなるだろうけれど。
お母さまは彼がどんなふうに口説くか教えてくれた、
まるで彼の心の中が見えるみたいに。そして、男はみな
同じような誓いを立てるとも。彼は妻が死んだら

＊指輪の交換は婚約の儀式の一部。

私と結婚すると誓った。それなら、私が彼と寝るのは私が埋められる時。フランスの男は大嘘つき、結婚したいならすればいい、私は処女として生き、死んでゆくから。でも、これは罪ではない、こうして身代わりになって騙しても、相手は不正を働いて何かをものにしようとする人だもの。

（退場）

第三場　フィレンツェ軍の陣営

二人のフランス貴族（G卿とE卿）と二、三人の兵士登場。

G卿　伯爵にお母上の手紙を渡してないのか？

E卿　渡した、一時間前に。何か胸の痛むことが書いてあったらしい、読んでいるうちに別人のようになってしまったから。
G卿　大いに非難されて当然だ、あんなに善良な妻君を、あんなに愛らしい女性を、振り捨てたんだから。
E卿　何より問題なのは、永遠に王のご不興を買ってしまったことだ。王は歌って聞かせるように彼の幸せを願い、恩恵をほどこしてこられたのに。ちょっと言っておきたいことがあるんだが、その胸ひとつに納めておいてほしい。
G卿　聞き終わったら、その話は死んだことにする、俺の胸が墓場だ。
E卿　伯爵はこのフィレンツェで非常に身持ちがいいと評判の若い女性を誘惑した。そして今夜、彼女の操《みさお》を台無しにして自分の欲望を満たすつもりだ。おまけに伯爵家に代々伝わる指輪を与え、好色な契約を結び、うまくやったとほくほくしている。
G卿　神よ、我々がそのような反逆の罪を犯すのを遅らせたまえ！　これが本来の姿なら、我々はいったいどういうモノなんだ？
E卿　自分自身の裏切り者さ。あらゆる謀反《むほん》のお決まりの流れどおり、謀反の正体はひとりでに露見し、しまいには無残な最期《さいご》を遂げることになる。伯爵も、高貴な生まれに背《そむ》くことを企んで、破滅するのがおちだ。

G卿 不正な意図を自分から吹聴するのは地獄堕ちの罪と言えないか？ じゃあ今夜彼はここに来られないんだな？

E卿 真夜中すぎまでは無理だ。約束に縛られてるから。

G卿 そろそろその時刻だ。彼にあの腰巾着《こしぎんちゃく》の解剖を見せてやりたい、

そうすれば自分の判断力を疑ってかからざるを得ないだろう、あの偽物の宝石にあんなに凝った台座を作ってやったんだから。

E卿 伯爵が来るまでやつに手出しをするのはよそう。伯爵に見られるのがやつにとっては何よりこたえる鞭だからな。

G卿 ところでこの戦争について何か聞いてるか？

E卿 和平交渉が始まりそうだと聞いているが。

G卿 いや、もう和平は成立した。

E卿 じゃあルシヨン伯爵はどうするんだろう？ もっと北へ行くのか、それともフランスに戻るのか？

G卿　そんなことを聞くところをみると、お前は彼の相談役ではなさそうだ。

E卿　とんでもない、ごめんだね。相談役だったら彼のやることに手を貸したことになるからな。

G卿　二カ月ほど前、彼の奥さんは伯爵邸を抜け出した。聖ヤコブの墓所への巡礼が目的でね、その神聖な修行を厳しすぎるほど信心深く成し遂げた。そのままその地に留まるうちに、生来の優しさがわざわいして悲しみの餌食になってしまった。要するに、呻《うめ》くように最後の息を引き取り、いまは天国で歌っている。

E卿　その証拠があるのか？

G卿　死ぬ間際までのいきさつは彼女の手紙が証明している。無論、自分の死を自分で知らせることは出来ないが、現地の司祭がはっきり証言している。

E卿　伯爵はそのことを知っているのか？

G卿　うん、それにあらゆる点で確かな事実だと裏付けるような事情も、こと細かに。

E卿　やりきれないね、彼がそれを聞いて喜ぶと思うと。

G卿　人間、損をしながらとてつもない喜びを感じることがあるんだなあ！

E卿　逆に、得をしながらそれを涙に溺れさせ、とてつもない悲しみを感じることもある！　彼がここフィレンツェで武勇によって勝ち得た大いなる名声も、国に帰ればそれに見合った大いなる恥辱に出迎えられる。

G卿　人生は、善と悪とをより合わせた糸で編んだ網《あみ》なのだ。我々の美徳も過ちによって鞭打たれなければ、傲慢の罪を犯すだろうし、我々の罪は美徳によって抱きとめられなければ、絶望するだろう。

召使い登場。

どうした？　どこだ、お前のご主人は？

召使い　先ほど街で公爵様にお会いになり、恭《うやうや》しくおいとまごいをなさいました。明朝《みようちよう》フランスに向けてお発ちです。公爵様は主人に王様宛の推薦状を下されました。

E卿　どんなに強力な推薦だろうと、フランスの宮廷では役に立たないだろう。

バートラム登場。

G卿　推薦状がどんなに甘かろうと、王の苦いご気分を和らげることはできないだろう。あ、伯爵だ。どうなさいました、閣下、もう真夜中すぎましたっけ？

バートラム　今夜一晩で十六もの用事を済ませてきた、それぞれひと月はかかるようなやつだが手際よくやった、それを順に言うと、まず公爵にいとま乞いをし、側近の方々に挨拶し、人妻[*1]を埋葬し、とむらい、手紙を書いて帰国を母上に知らせ、荷物を運搬する人馬を雇い、そういう主だった仕事の合間に細かい用事を片付けた。最後のが一番重要だったがそれはまだ終わってない。

E卿　それが一筋縄ではいかないご用で、しかも閣下が明朝ご出発なら、お急ぎにならなくては。

バートラム　まだ終わってないと言ったのはだな、あとであれこ[*2]

＊1
バートラムはmy wife（私の妻）とは言わず、a wife（ある人妻）と言っている。この期に及んでこの冷たさ！
＊2
I mean the business is not ended, as fearing to hear of it hereafter. バートラムはダイアナが妊娠したとか、約束通り結婚してくれ、などとあとで言って来るのではないかと心配している。

れ言ってこないかと心配だからなんだ。それはそうと、例の阿呆と兵士の問答を聞こうじゃないか。さあ、あの似非《えせ》軍人の見本を引っ張ってこい、二枚舌の予言者よろしく俺をだましやがって。

E卿　引っ張ってこい。

（兵士たち退場）

可哀想に、あのキザ野郎、一晩じゅう足枷《あしかせ》をはめられてたんですよ。

バートラム　かまうもんか、当然のおしおきだ、長いあいだその資格もないのに拍車を強奪していた足だから。やつめ、どうにか持ちこたえているのか？

E卿　申し上げたとおり足枷をはめられて、相当こたえています。詳細をお訊きになりたいなら、申し上げます、やつはミルクをこぼしてしまった小娘のように泣いています。兵士のモーガンを修道士だと思い込み、もの心ついた時から足枷をはめられた今の災難に到るまでのすべてを告白しました。何を告白したと思いますか？

バートラム　俺のことは言わなかっただろうな？

E卿　ぜんぶ書き取ってありますから、やつの面前で読み上げましょう。閣下のこともきっと出て来ると思いますが、そのときは我慢して聞いていてください。

目隠しされたパローレスが通訳を務める兵士1と共に登場。

バートラム　疫病にとっつかれろ！　目隠しされて！　俺のことを言うはずがない。

G卿　しーっ、しーっ！　鬼さん、こちらだ。*——（大声で）ポルトタルタロッサ。

兵士1　拷問にかけろというご命令だ。拷問なしで何を言うか？

パローレス　強制されなくても知ってることは白状する。ミートパイの下ごしらえみたいにツンツン刺されたら何も言えない。

兵士1　ボスコ・チムルチョ。

G卿　ボブリビンド・チムルコ。

兵士1　将軍、閣下は実に慈悲深くていらっしゃる。——将軍はお前にお命じだ、私が書き付けを読んで訊くことに答えろ。

＊　Hoodman comes.　目隠し鬼（hoodman-blind または blind-man's buff）の掛け声。

パローレス　正直に答えます、命が惜しいので。

兵士1　(読む)「まず第一に、フィレンツェ公爵の騎兵隊の兵力を問え」。これに何と答える?

パローレス　五、六千です、でもとても弱くてものの役に立ちません。どの騎兵中隊もばらばらですし、隊長もみんな情けないろくでなし、私の名誉と信用にかけて本当です、命が惜しいので。

兵士1　お前の答えをそのとおり書き留めていいか?

パローレス　どうぞ。私の証言は真実だと誓います、誓いの立て方はそちらの宗派に合わせます。

バートラム　やつにとっちゃどうでもいいんだ。まったく救い難い下郎《げろう》だ!

G卿　それは閣下の思い違いです。あれはムッシュー・パローレスという軍人の華です――あくまでも自称ですがね――あのサッシュの結び目には戦争の理論の全体像が収まり、短剣の鞘《さや》の先にはその実践力がこもっている。

E卿　＊俺は今後二度と、剣を磨き上げているからといってその男を信用しないし、着こなしがいいからといって完全無欠だとは思

＊この台詞はバートラムのものだとする説あり。

わない。

兵士1　よし、書き留めた。

パローレス　「騎兵は五、六千」と言いましたが——真実を言いたいので——「かそのくらい」と書き加えてください、真実を言いたいので。

G卿　(バートラムに傍白) かなり真実に近いですな。

バートラム　(G卿に傍白) だが、ありがたいとは思わないね、その真実の中身を考えると。

パローレス　「情けないろくでなし」はどうでしょう。

兵士1　ああ、それも書き留めた。

パローレス　ありがとうございます。真実は真実です。あのろくでなし連中の情けなさときたら折り紙つきです。

兵士1　(読む)「歩兵隊の兵力を問え」。これにはどう答える?

パローレス　私の真実にかけて、たとえ今だけの命だとしても*、真実を申し上げます。ええと、スプーリオが百五十、セバスチャンが同じく百五十、コランバスも同じく百五十、ジェイクイーズも同じく百五十、ギルシャン、コズモー、ロドウィック、グラテ

* ... if I were to live this present hour... 普通なら if I were to die this present hour (今このとき死のうとも) と言うべきところ。

ィアイがそれぞれ二百五十、私の隊とチトファー、ヴォーモンド、ベンティアイがそれぞれ二百五十。ということは、命にかけて申しますが、腐ったのも元気なのも合わせて、兵員名簿上一万五千にはなりません。しかもその半分は、外套の雪を払いおとす勇気もない。自分の体が粉々になっちゃ嫌だってんでね。

バートラム （G卿に）やつをどうしてくれよう？

G卿 別に、ただ礼を言ってやればいい。——俺のことを訊いてみろ、それから俺がどれくらい公爵に信用されているかも。

兵士1 よし、それも書き留めた。（読む）「デュメイン隊長なるフランス人が陣中にいるか否かを問え。彼に対する公爵の評価はいかなるものか、彼は勇敢であるか、正直であるか、軍人として百戦錬磨であるか、また、多額の金貨によって買収すれば寝返る可能性があると思うかを問え」これにどう答える？　どうだ、知っていることを言え。

パローレス 個々のご質問に答えさせていただけますか。一つずつお訊きください。

兵士1 このデュメイン隊長を知っているか？

パローレス　知っています。パリのかけはぎ屋の徒弟だったんですが、店から叩き出されましてね、というのも、州長官の保護下にある馬鹿娘を、彼にいやと言うこともできない頭の足りない小娘を、はらましちまったからです。

バートラム　（G卿に）おっと、失礼、手をあげるのは堪《こら》えて——やつはどうせ落ちてきたタイル*で頭カチ割るか何かであっけなく死にますよ。

兵士1　で、その隊長はフィレンツェ公爵の陣にいるのか？

パローレス　確かにおります、シラミだらけの卑劣漢ですが。

G卿　（バートラムに）そんな顔で私を見ないでください、もうすぐ閣下の番ですよ。

兵士1　彼に対する公爵の評価は？

パローレス　公爵が彼についてご存じなのは、私のダメな部下ということくらいですし、先日も公爵は、彼を隊から追い出せと書いて寄越されました。その手紙は私のポケットにあるはずです。

兵士1　ほほう、探してみよう。

パローレス　あ、実を言うと、どうだったかな。このポケットか、

* His brains are forfeit to the next tile that falls.「（外壁からはがれて）落ちてきたタイルで頭を割られて死ぬ」というのは不慮の死の謂。

さもなきゃ公爵のほかの手紙と一緒にファイルに挟んでテントに置いてあるか。

兵士1 あった、手紙だ。読んでやろうか？

パローレス さあ、それが公爵からのかどうか。

バートラム （G卿に）あの通訳、なかなかやるな。

G卿 見事です。

兵士1 （読む）「ダイアナよ、伯爵は馬鹿で金貨をたんまり持っている。」

パローレス それは公爵の手紙じゃありません。フィレンツェのダイアナというちゃんとした娘に宛てて書いたものです。ルシヨン伯爵という、馬鹿なくせにえらくさかりのついた若造《わかぞう》がいて、そいつの誘惑には用心しろという警告です。お願いです、それ、このポケットに戻してください。

兵士1 いや、まず読ませてもらおう、よろしいな。

パローレス 断言しますが、私に疚《やま》しいところは微塵《みじん》もありません、ひたすらその娘のためを思って書いたのです。その若い伯爵は危険ですけべえな小僧っ子で、処女にとってはクジラで、手当たり次第に小魚を食い尽くす。

バートラム　（傍白）忌々《いまいま》しい二枚舌野郎！

兵士1　（読む）「彼が誓うとき、金を落とさせてそれを取りたまえ。

彼は一旦ものにしてしまえば、決してその代金を払わない。
うまく段取れば半ば成功したようなもの、うまく段取りをつけたまえ。
初めに全額受け取るべし、彼は残金を支払わない。
彼に告げよ、ダイアナ、ある軍人が君にこう言ったと、
大人と交わるのはよいが、小僧っ子とは口づけさえよくないと。
重ねて言おう、伯爵は馬鹿である、私はそれを熟知している、
彼は前金は払うが、払うべき残金は踏み倒す。
彼が君の耳元で誓ったように、君のものである、

パローレス」

バートラム　その詩をやつの額に貼りつけて、鞭で打ちながら軍隊中引き回してやる。

E卿　あれがあなたの無二の親友ですよ、閣下、何カ国語も使い

こなせて武芸百般に通じた軍人です。

バートラム　俺はこれまで猫以外のものならなんでも我慢できた、だがいまはあいつがその猫だ。

兵士1　おい、将軍の表情からすると、お前を縛り首にしなきゃならん。

パローレス　とにかく命だけは！　死ぬのが怖いわけじゃありません、ただ、犯した罪が多いので、懺悔しながら余生を送りたいのです。生かしておいてください、地下牢でも、足枷はめられてでも、どこでもかまいません、生きてさえいられりゃ。

兵士1　何もかも白状すれば、どうにかできるかもしれん。だからもう一度デュメイン隊長のことを訊こう。公爵の評価と勇気についてはもう答えてもらったが、どうだ、彼は正直な男か？

パローレス　修道院から卵一個盗むことさえやりかねません。強姦や陵辱《りょうじょく》にかけては半人半馬のネッソス*も顔負けだ。誓いは守らないと公言し、誓いを破る力にかけてはヘラクレスそこのけです。また、あまりにもすらすら嘘をつくので、真実が馬鹿に思えてきます。泥酔が彼のいちばんの美徳です。酔って豚みたいに眠って

＊ Nessus　ギリシャ神話に登場する半人半馬のケンタウロス族のひとり。ヘラクレスの妻デイアネイラを犯そうとしてヘラクレスの毒矢に射られて死ぬ。のちにヘラクレスは、ネッソスの血にひたした下着を着たために死ぬ。

しまえばほとんど害はありませんから。せいぜい寝具をよごすのが関の山で。しかし、やつのそういうところはみんな知っていますから、藁《わら》の上に寝かせるんです。彼の正直さについてはそのくらいしか言えません。彼は、正直者が持ってはならぬものをすべて持っており、正直者が持つべきものは何一つ持っていません。

G卿　（バートラムに）いまの話であの男が好きになってきた。

バートラム　君の正直さについてあんなことを言われても？　あの野郎、くたばってしまえ。こうなると、ますますあいつは猫だ。

兵士1　彼の軍人としての力量はどうだ？

パローレス　太鼓手をやってました、イングランドの旅役者の先頭に立って客寄せの太鼓を打ってました。私は嘘をつきません、彼の軍人ぶりについてほかに知ってることといえば、やはりイングランドのマイル・エンド*という民兵練兵場で、将校という誉れある地位に任ぜられ、二列縦隊の組み方を教えてたことくらいですかね。彼の名誉になることがあればなるべくお話ししたいんですが、どうも確信がもてなくて。

G卿　やつの悪党ぶりは桁外れだからかえって希少価値がある。

＊Mile End　マイル・エンドはロンドン東部にあった民兵の練兵場。

バートラム　くたばるがいい、あれはやっぱり猫だ。

兵士1　それほど安っぽい男だとすると、金貨によって買収すれば寝返るか否かは訊くまでもないな。

パローレス　銀貨一枚もらえば、魂の救済所有権だって、その相続権だって売り渡しますし、子々孫々から財産を切り離して、永遠に相続できなくするでしょう。

兵士1　彼の弟の、もう一人のデュメイン隊長はどうだ？

E卿　なぜ俺のことを訊くんだ？

兵士1　どうだ、彼は？

パローレス　[*1]同じ穴のムジナです。善にかけては兄ほど偉大ではないが、悪にかけては遥かに偉大だ。臆病者という点では兄をしのぎます、もっとも、その兄も当代一の臆病者という評判ですが。退却となると[*2]使いっ走《ばし》りの従僕より足が速い、そのくせ前進となると脚が攣《つ》るんです。

兵士1　お前は命が助かるならフィレンツェ公爵を裏切るか？

パローレス　はい、それに公爵の騎兵隊長ルシヨン伯爵も。

兵士1　その話、こっそり将軍に申し上げて、ご意向をうかがお

＊1
原文では「同じ巣のカラス(a crow of the same nest)」。

＊2
lackey　別の英語で言えばrunning footman、本来は主人が乗った馬車に走って付きそう従者のこと。だから足が速い。

う。

パローレス　もう太鼓なんか叩くもんか。太鼓という太鼓は糞食らえ！　自分を大した人物に見せかけて、あのすけべな若造の伯爵をだまくらかそうとしたばっかりに、こんな危険にはまり込んじまった。それにしても、あんなとこに伏兵がいるなんて誰に予想できる？

兵士1　もうどうしようもない、お前は死ぬしかない。将軍がおっしゃるには、味方を裏切って軍の機密を暴露し、高潔な人物として名高い方々を悪しざまに言うお前のようなやつは、世界に対しまっとうな務めはできない。従ってお前は死ぬしかない。おい、首斬り役人、こいつの首をはねろ。

パローレス　ああ、神様、生かしておいてください、せめて自分の死に様《ざま》を見せてください。

G卿　見せてやるから、友人たちに別れを告げろ。（目隠しをはずす）さあ、見回してみろ。誰か知り合いはいるか？

バートラム　おはよう、高潔な隊長。

E卿　神の祝福を、パローレス隊長。

G卿　神のご加護を、高潔な隊長。

E卿　隊長、我がラフュー卿へのおことづけはありませんか？
私はこれからフランスに戻るので。

G卿　隊長どの、ルシヨン伯爵のためにダイアナ宛にお書きになったソネットの写しをいただけませんか？　私が臆病者でなければ、力ずくで頂戴するところだが、これで失礼しよう。

（バートラム、G卿、E卿退場）

兵士1　一巻の終わりですね、隊長――*無事なのはサッシュだけだ、まだ結び目もほどけてないし。

パローレス　策略にはまったら誰だって潰《つぶ》されるよな？

兵士1　あなたと同じように恥をかいた女だけが住む国が見つかったら、破廉恥王国の開祖になれるかもしれない。さようなら、私もフランスへ行きます。むこうであなたの噂でもしましょう。

（他の兵士たちと共に退場）

パローレス　ありがたい。これで俺の心臓が立派だったら
恥ずかしさのあまり破裂しただろうから。もう隊長は廃業だ、
それでも飲んだり食ったり眠ったりは、隊長なみに

*
――all but your scarf, that has a knot on't yet.
アーデン3が紹介しているジョン・ケリガンの説では、結び目のあるサッシュ（スカーフ）は絞首刑の首吊り縄を連想させ、反逆罪の処罰は絞首刑なので、兵士1はそれをほのめかしてパローレスを脅かしている。

楽々やっていけるだろう。このまんまの俺で何とか
生き延びるしかない。自分がホラ吹きだと分かってるなら
用心するがいい、どんなホラ吹きだっていずれは
正体がバレて馬鹿だと分かるんだから。
剣よ、錆びろ、赤ら顔よ、ほてりを冷ませ、パローレスよ、
＊恥に抱かれて生きろ、馬鹿にされたら本物の馬鹿になって栄え
ろ。
人間生きてさえいりゃあ、居場所はあるし、暮らしの手立ては
ある。
さて、みんなに付いて行こう。　（退場）

＊パローレスの、プロの道化として生きる決意と読める。

第四場　フィレンツェ、未亡人の家

ヘレン、未亡人、ダイアナ登場。

ヘレン　私がお二人にひどいことをしたのではないと
分かっていただくために、キリスト教世界で最も偉大な方を
私の保証人にします。私の目的を遂げるには
その方の玉座の前にひざまずく必要があるのです。
かつて私は、その方のご希望に応じた務めを果たしました、
お命にかかわる重大事で、その結果には、石のように
無情な韃靼人《だったんじん》*の胸さえ感謝の念をのぞかせ、お礼を
言うでしょう。聞いたところでは
陛下は今マルセイユにご滞在で、そこへ行くのに
ちょうどいい船便《ふなびん》があります。忘れないでください、
私は死んだことになっているのです。軍が解散すれば、

＊
...flinty Tartar's bosom
当時のキリスト教世界では、韃靼人（＝タタール人、モンゴル族の総称で、十三世紀にはヨーロッパ大陸の大半を制圧した）はトルコ人と並んで、冷酷無比で凶暴な難敵の代名詞だった。『ヴェニスの商人』四幕一場でも（ちくま文庫版一三九頁）。

夫は急いで帰国するでしょう。天のお助けと、
王様のお許しがあれば、私たちを出迎えるはずの人より
先にそこに着きます。

未亡人　奥様が
これまでお使いになったどんな召使いよりも
喜んでご用を務めます。

ヘレン　こちらこそ、奥さんのご親切にどうすれば
お返しできるかと一心不乱に考えるどんなお友達にも
負けないようにします。信じてください、天が私を
ここにお遣《つか》わしになり、娘さんに結婚資金を差し上げるのです、
また、天の定めによって娘さんは私の手足となって私を助け、
夫に添わせてくださいました。それにしても、ああ、男って変
な生き物、
騙されているとも知らず、淫らな思いの虜になり、漆黒の夜を
いっそう暗くして、憎んでいるものをあんなに
かわいがれるのだから！　そうやって情欲は嫌悪する者と
たわむれる、そこには居ない誰かだと思い込んで――

でもこの話はあとにしましょう。ねえ、ダイアナ、
ちょっとしたことですが私の指示に従って、
私のためにもうひと働きしてほしいの。

ダイアナ　あなたの指示で
死ぬことになるとしても、純潔さえ守れるなら
お言いつけどおりにします。

ヘレン　あと少しのあいだお願い。
*でもそう言っているうちに、夏が来るでしょう、
ばらには棘《とげ》だけでなく花びらがあり、
痛いだけでなく甘い香りもあります。さあ、出かけましょう。
馬車の用意はできています、時が私たちを生き返らせる。
終わりよければすべてよし、おしまいには王冠が待っています。
どんな紆余曲折があろうとも、終わりにあるのは名声です。

（一同退場）

＊ But with the word, この the word が何を指すかについては諸説ある。単純に、素直に、直前の Yet, I pray you: の yet（あと少しのあいだ）という説を採った。その他の説には①「モットー、座右の銘」でその内容は、これに続く The time will bring on summer.（時が来れば夏になる）。②「約束」、「私のためにひと働きしてくれれば、やがていい時がきます」とヘレンがダイアナに言っていること。③聖書の言葉。

第五場　ルシヨン、伯爵邸

道化ラヴァッチ、伯爵夫人、ラフュー登場。

ラフュー　いやいやいや、ご子息が道をあやまったのは、あのキザで派手なタフタ野郎のせいです。あの男は極悪のサフランだ、まだ焼きあがっていないパン生地同然の若者を、一人残らずまっ黄色に染めてしまう。今このとき義理の娘さんが生きていたなら、そして息子さんがこのお邸においでだったなら、あの尻の赤いマルハナバチに引き回されたりせずに、王のお引き立てにあずかっていたでしょう。

伯爵夫人　あんな男など知らなければよかった。知ったせいで、よくぞ生み出したと大自然が賞賛を得たもっとも徳高い人を死なせてしまった。あれが私の血を分けた子であり、私に辛い産みの苦しみをなめさせたとしても、あれほど深く愛することはできなかったでしょう。

ラフュー　善良な方だった、善良な方だった。一千枚のサラダ菜を摘んでも、あれほどの一枚には巡り会えません。

ラヴァッチ　じっさい、あの人はサラダのなかのオレガノ[*1]ってとこだった、っていうか恵み草と呼ばれるヘンルーダか。

ラフュー　それはどちらも野菜ではない、香り用のハーブだ。

ラヴァッチ　私はネブカドネザル大王[*2]じゃないんで、草のことは詳しくない。

ラフュー　お前の本職はどっちだ、下男か道化か[*3]？

ラヴァッチ　女には道化、男には下男としてお仕えします。

ラフュー　どう区別するんだ？

ラヴァッチ　男ならその女房をだまし取って、亭主役を務める。

ラフュー　なるほど、務めぶりは下の下だな。

ラヴァッチ　で、その女房には商売道具の道化棒を進呈して、お務めに励む。

ラフュー　私が保証しよう、お前は下の下のワルで道化だ。

ラヴァッチ　閣下にお仕えしますよ。

＊1
Sweet marjoram　シソ科のハーブ、マヨラナ。オレガノもその一種なので、日本人に馴染みがあると思われる呼び名を当てた。

＊2
Nebuchadnezzar　ネブカドネザル（ネブカデネザルともネブカドネツァルとも表記される）はバビロンの王。旧約聖書「ダニエル書」第四章二十八節〜三十節で、ダニエルに夢占いをさせるのだが、その占いのとおりに天から声が響き、「…お前は人間の社会から追放されて、野の獣と共に住み、牛のように草を食らい（to eat grass like as oxen）、七つの時を過ごすのだ。…」と言われる。

＊3
ラフューは「お前は knave

ラフュー　いやいやいや。

ラヴァッチ　ふうん、閣下にお仕えできなくても、俺なら閣下と同じくらい偉い君主にお仕えできる。

ラフュー　誰だ、それは？　フランス人か？

ラヴァッチ　いや、名前はイングランド人だが、顔[*1]はフランスにいた時のほうが真っ赤だった。

ラフュー　誰だ、その君主ってのは？

ラヴァッチ　ブラック・プリンス[*2]です、またの名は暗黒の王、またの名は悪魔。

ラフュー　もういい、この財布をとっておけ。これでお前を買収し、いま話に出たお前のご主人からお前を引き離すつもりはない。いつまでもお仕えしろ。

ラヴァッチ　私は森で育ったんで、いつだって赤々と燃える火が大好きなんです。で、いまお話し[*3]した主人は火を絶やしたことがない。あの方は紛れもなくこの世の君主だ。その宮廷にはあの方の貴族連中にとどまってもらいましょう。私は門の狭い家のほうがいい。そういう門はお偉方が堂々とくぐるにはちっちゃ過ぎる。

（悪党、悪漢、召使い、身分の低い男）なのかfool（馬鹿、阿呆、道化）なのか？」と訊いているのだが、これはBetter be a fool than a knave.（悪党より馬鹿がまし）という諺を踏まえている。

*1
His phys'nomy is more hotter in France than there.「フランスにいる時のほうが熱い」理由は、①彼が百年戦争でフランスと戦ったからイングランドにいる時より憤激していた、②当時フランス病（French disease）と呼ばれた梅毒に罹っていた。

*2
the black prince　小文字なので「悪魔」だが、the Black Princeと大文字にな

つつましく頭を下げりゃくぐれるかもしれないが、大方《おおかた》の人間は寒がりでヤワだから、花咲く放蕩三昧の道を通って広い門をくぐり、燃え盛る火のそばに行くでしょう。

ラフュー 失せろ。お前にはうんざりしてきた。前もってそう言っておく、お前とは喧嘩したくないからな。失せろ。私の馬の世話を頼む、飼葉《かいば》をけちるなよ。

ラヴァッチ けちるとしたら、いたずらしたじゃじゃ馬へのお仕置きだ、じゃじゃ馬にいたずらは付きものだからな。（退場）

ラフュー 口の減らない人騒がせなやつだ。

伯爵夫人 そうなのです、亡くなった主人は気晴らしの相手をさせて楽しんでいました。そのおかげで今もここにおりますが、それで天下御免の特権を得たつもりになり、礼儀作法もわきまえず勝手に駆け回っています。

ラフュー 私は大いに気に入りました、なんの害もありませんよ。ところで、申し上げようとしていたのですが、あの善良な女性が亡くなったことと、ご子息がお帰りになることを耳にして以来、私は私の娘のためにお口添えくださるよう陛下に願い出ておりま

るとエドワード三世の長男エドワード黒太子を指す。

＊3
新約聖書「ヨハネによる福音書」第十二章第三十一節 Now is the judgment of this world: now shall the prince of this world be cast out.（今はこの世がさばかれる時である。今こそこの世の君〔支配者、君主〕は追い出されるであろう）を踏まえている。

した。それはもともと、二人がまだ幼いころにもったいなくも陛下ご自身が思いつかれ、仰せ下されたことだからです。陛下はそうしようと約束してくださいました。ご子息に対する陛下のご不興に終止符を打つには、これ以上ふさわしい手立てはありません。奥方様はどうお考えでしょう？

伯爵夫人　たいへん結構だと存じます、首尾よく事が運びますよう。

ラフュー　陛下はマルセイユから馬を飛ばして来られます、三十歳のころと変わらぬお元気なお体で。明日にはここにお着きになるでしょう、でなければ、滅多に間違った知らせを持ってきたことのない男に騙されたわけだ。

伯爵夫人　嬉しいこと、死ぬ前に陛下にお目にかかれるのですね。息子から今夜ここに着くという手紙が来ました。どうかラフュー卿、息子が陛下にお目通りするまでここにいらしてください。

ラフュー　奥方様、実は、どうお願いすれば無礼にならずに泊めていただけるか、思案にくれていました。

伯爵夫人　高いご身分の特権を主張なさるだけでよろしいのに。

ラフュー　奥方、これまでその特権をかなり濫用《らんよう》してきましたからね。しかし有り難いことに、まだ有効らしい。

　ラヴァッチ登場。

ラヴァッチ　ああ、奥様、あっちに若様が、顔にビロードの傷隠し*を貼りつけて。その下に傷があるかどうかはビロードのみぞ知るってところだが、とにかく上等なビロードの切れ端だ。左の頰は分厚いビロードの頰だが、右の頰はむき出しです。

ラフュー　立派な働きでついた傷なら、つまり武勲の傷なら、それは名誉の勲章だ。そういう傷なのだろう。

ラヴァッチ　だけど茹でるために切れ目を入れた肉って顔ですよ。

ラフュー　さあ、ご子息を出迎えに行きましょう。あの若いりっぱな軍人と話がしたい。

ラヴァッチ　そんなのが一ダースはいますよ、みんな洒落のめした帽子をかぶり、やたらに礼儀正しい羽根飾りをつけてね。羽根飾りは相手かまわずぺこぺこ頭を下げてます。　（一同退場）

＊ a patch of velvet　刀傷を隠すため、あるいは梅毒の治療痕を隠すためのビロード布片。

第五幕

第一場　マルセイユ

ヘレン、未亡人、ダイアナ、二人の従者登場。

ヘレン　でも、夜《よ》を日につぐ急ぎの旅でしたから、
お二人ともさぞお疲れでご気分も沈んでおいででしょう。
それも止むを得ませんが、私のために昼夜《ちゅうや》の別なく
か弱いお身体に鞭打ってくださった、
そのご親切へのお返しは
何を措《お》いても必ず致します。

鷹匠の紳士登場。*

ちょうどいいところへ！
あの方にお願いすれば、陛下に取り次いでいただける
かもしれません——ご機嫌よろしゅう。

鷹匠　ご機嫌よろしゅう。

ヘレン　確か、フランスの宮廷でお目にかかりましたね。

鷹匠　はい、あちらにいたことがあります。

ヘレン　あのう、評判どおり今も変わらず
善良な方でいらっしゃるとお見受けします、
一刻を争う必要に迫られておりますので
堅苦しい礼儀作法もかえりみず、
お力におすがりしたいと存じます、そのご恩は
一生忘れません。

鷹匠　どんなご用でしょう？

ヘレン　お差し支えなければ
このささやかな請願書を陛下にお渡しのうえ、

＊ Fのト書きにはEnter a gentle Astringer. とあり、F3はEnter a Gentleman a stranger. と変えている。Astringer の現代の綴りはAustringerで、オオタカの鷹匠。ここで鷹匠が出てくる意味が分からず、しかもどのようにその身分を観客に伝えるかも不明なので、多くのモダンテクストがF3のト書きを踏襲している。RSC版はAustringer派で「鷹を止まらせているかもしれない」と付記している。

拝謁が叶うようあなたのお力で
お取りなしいただけないでしょうか。

鷹匠　王はここにはおられません。

ヘレン　ここにおられない？

鷹匠　ええ、そうです。
昨晩お発ちになりました、常ならぬ
お急ぎようで。
未亡人　まあ、無駄骨でしたね！
ヘレン　いえ、終わりよければすべてよしです、
たとえ時が逆行し、いい手立てがないように見えても。
お教えください、陛下はどちらへ？
鷹匠　さあ、ルシヨンだと思います、
私もそこへ行くところです。

ヘレン　ではお願いします、
あなたのほうが私より先に王にお目にかかるでしょうから、
この請願書を陛下のお手にお渡しください、
そうなさってもお咎《とが》めを受けることはないはずです、

むしろ骨を折ってよかったとご自分に感謝なさるでしょう。
私もすぐあとから、手立ての許すかぎり
急いで参ります。

鷹匠　お引き受けしましょう。

ヘレン　このさき何が起きようと、みんな
あなたに感謝します。（従者たちに）また馬に乗らなくては。
さあさあ、用意をして。

（一同退場）

第二場　ルシヨン、伯爵邸

ラヴァッチとパローレス登場。

パローレス　やあ、ムッシュー・ラヴァッチ、我がラフュー卿に

この手紙を渡してくれ。
　ちょっと前まで俺と君は顔なじみだったじゃないか、俺が取っ替え引っ替え新しい服を着てたころは。ところが今は、運命の女神のご機嫌を損ねて泥まみれになり、彼女の強烈な不機嫌のせいで俺も強烈な臭いを振りまいてるってわけだ。

ラヴァッチ　なるほど運命の女神の不機嫌てやつは相当ばっちいんだな、あんたが言うように臭いが強烈なら。これから俺は運命の女神がさばいた魚は一匹だって食わん。頼む、俺の風上に立たないでくれ。

パローレス　なに、鼻をつまむ必要はない。俺は比喩として言っただけだ。

ラヴァッチ　いやほんと、いくら比喩だって臭けりゃ鼻もつまむさ、誰が言った比喩でもな。頼む、もっと離れてくれ。

パローレス　お願いだ、この手紙を渡してくれ。

ラヴァッチ　へっ！　頼む、近寄らないでくれ。運命の女神が尻《けつ》拭いた紙なんざ貴族に渡せるか！　ほら、ご本人が来た。

ラフュー登場。

ここに運命の女神のゴロニャンが、ていうか運命の女神の飼い猫が来てます――でも麝香猫《じゃこうねこ》じゃありません――運命の女神の不機嫌という汚《きたな》らしい養魚池に落っこちて、本人が言うには、泥まみれなんだそうです。どうかこの文句たらたらの鯉をお好きなように料理してください、どう見ても情けなくて腐りきってて間抜けで馬鹿で見下げ果てたワルですから。俺が並べた慰めの形容詞を聞いてこいつ困ってたら、気の毒なんであとは閣下にお任せします。　（退場）

パローレス　閣下、私は運命の女神にむごたらしく引っ掻かれた男です。

ラフュー　それで、私にどうして欲しいのだ？　いまさらあの女神の爪を切っても手遅れだ。引っ掻かれたのは、君が運命の女神に悪さをしたからだろう？　あの女神は本来善良な方だ、悪党に長いこといい思いをさせておくわけがない。銀貨を一枚くれてやる。治安判事に訴えて運命の女神と仲直りさせてもらえ。私はほ

＊musk-cat　東南アジアの森に生息する淡褐色に小黒斑が縦に並ぶ猫。尾の付け根に臭腺が発達し、その分泌物は香料の材料にされる。

かに用事があるんでな。
パローレス　お願いです、閣下、ひと言だけお聞きください。
ラフュー　銀貨をあと一枚だけと言え。ほら、くれてやる。ひと言のほうはご免だ。
パローレス　私の名前は、閣下、パローレスです。
ラフュー　それじゃあひと言以上だ。*驚いた、お前か！　さあ、握手だ。君の太鼓はどうした？
パローレス　ああ、閣下、私の正体を最初に見抜いたのは閣下でした。
ラフュー　そうかね？　で、最初に見捨てたのも私だった。
パローレス　閣下次第なんですよ、私がお恵みにあずかれるかどうかは、だってあなたのせいで恵まれぬ身になったんですから。
ラフュー　何を抜かす、悪党！　お前は私に神と悪魔の二役《ふたやく》をやらせる気か？　恵みを賜《たまわ》るのは神だが、それを失わせるのは悪魔だ。

（トランペットの吹奏）

王がお見えだ。あのトランペットの調べで分かる。おい、あと

＊　You beg more than one word then.　パローレス（Paroles）という名前はフランス語で「言葉」という意味。しかも単数形のparoleではなく、複数形なのでこう揶揄した。

で会いに来い。ゆうべ、お前の噂をしていたところだ。阿呆で悪党のお前でも食わさなきゃならん。さあ、ついてこい。

パローレス 神様、ありがとうございます。（二人退場）

第三場　前場に同じ

ファンファーレ。王、伯爵夫人、ラフュー、二人のフランス貴族G卿とE卿、従者たち登場。

王 ヘレンという宝石を失って、私の価値は
すっかり落ちてしまった。だがご子息は
まるで狂ったように愚行に走り、彼女の真価を
見抜く力に欠けていた。

伯爵夫人　過ぎたことでございます、陛下、
どうか、陛下、あれは若葉に生じた
自然の謀反《むほん》と思《おぼ》し召しください、
火に油が注がれ、理性の力では抑えきれず
燃え上がったのでございます。

王　伯爵夫人、
私はすべてを赦し、忘れもした、
もっとも一時《いっとき》は復讐の弓を引きしぼり、
矢を放つ機会をうかがっていたのだが。

ラフュー　これだけは申し上げておかなくては――
いや、その前に失礼をお許しください――あの若い伯爵は
陛下にも、母御《ははご》にも、ご妻女にも
大きな罪を犯しました、しかし最大の害をなした相手は
伯爵自身です。彼が失くしたご妻女の
美しさは、美しいものをたっぷり見てきた肥えた目をも
驚かし、その言葉は聞く者すべての耳を虜《とりこ》にし、
その完璧な人柄に接すれば、人に仕えることを嫌う者さえ

甘んじてご主人と呼んだことでしょう。

王　失ったものを褒め称えれば、
思い出はますます貴重になる。さあ、彼をここへ呼べ。
もう和解は済んだ、ひと目顔を見ればいい、過ぎたことは
何ひとつ蒸し返すまい。許しなど請わせるな。
*彼の大きな罪の源《みなもと》は死んだのだ、
怒りを掻き立てるその聖なる亡骸《なきがら》は
忘却よりも深く埋めてしまった。彼をここに来させろ、
罪人《つみびと》としてではなく、初対面の者として。
それが私の意志だと伝えるがよい。

従者　かしこまりました。（退場）

王　彼はあなたの娘御のことをどう言っている？　話したのか？

ラフュー　すべて陛下のご裁断にお任せすると。

王　では結婚させよう。彼の武勲を称えた手紙を
受け取っている。

バートラム登場。

* The nature of his great offence is dead. ヘレンは死んだということも含む。

ラフュー　それで彼の面目も立ちます。

王　私の気分はある一日の安定した天気ではなく、
日が照ると同時に霰《あられ》が降っているのだ、
見れば分かるだろう。だが、雲が切れれば、その
間《あいだ》から日光がさんさんと降り注ぐ。だから前に出なさい、
空はまた晴れ渡っている。

バートラム　罪を犯したことを深く悔いております、
大切な陛下、どうかお赦しください。

王　すべて丸く収まった。
過ぎたことについてはもう何も言うまい。
絶好の機会の前髪をつかもうではないか。*
私ももう歳だ、即刻命令を下しても、
それが果たされぬうちに、時は足音も立てずに
そっと忍び寄ってくる。憶えているか、
ラフュー卿の娘御《ご》を？

バートラム　はい、憧れておりました。私が初めて

* Let's take the instant by the forward top.「チャンスの前髪をつかめ、後頭部はハゲているから（Take time [=occasion] by the forelock, for she is bald behind.）」という諺を踏まえている。

この人と思い決めた方です、あのころ私の心にはまだ
この舌を伝令にするだけの勇気がありませんでしたが、
心には目の受けた印象がしっかり刻み込まれました、
それが騙《だま》し眼鏡となって軽蔑の情を動かし、
他のすべての女性の顔立ちを歪《ゆが》ませ、
美しい肌の色もどうせ化粧だと思わせた、
どんなに均整のとれた容姿も伸びたり縮んだりして
おぞましい醜悪なものに映ったのです。それがヘレンにも
作用して、すべての男が褒め称え、私自身も
失ってから愛してきたあのヘレンもまた、目に入った
ゴミのように不快だったのです。

王　見事な弁明だ。
ヘレンを愛したということが、お前のあり余る罪の勘定書から
いくつかの借りを帳消しにする。だが、遅すぎた愛は
手遅れになった恩赦と同じで、愛した者、恩赦を出した者に
辛い思いをさせ、そういう者に限って「死なれてみると
好ましい人だった」と言っては泣くのだ。我々人間は軽率だか

ら
間違いを犯しがちで、今現在持っている大切なものを
過小評価し、それが墓に入って初めて真価を認める。
我々はともすれば不当な怒りに駆られて
友人を破滅させ、あとになってその亡骸《なきがら》に涙する。
起きてしまったことを目の当たりにして、愛は嘆き
悲しむが、恥ずべき憎しみは真昼間《まっぴるま》からぐっすり眠る。
これをヘレンの弔いの鐘として、彼女のことはもう忘れ、
美しいモードリンに愛の印を贈りなさい。
*主だった者たちはすでに同意しているので、あとは
妻に死なれた男の再婚の日を待つばかりだ。

伯爵夫人　ああ、天よ、それを最初の結婚よりも良きものとなし
たまえ！
さもなくば、二人が出会う前に、ああ、自然よ、この身を終わ
らせたまえ！

ラフュー　さあ、我が息子よ、ラフューという家名は
あなたに呑み込まれるわけだが、娘の心をきらきらと

＊ The main consents　王自身、伯爵夫人、ラフューの同意、ということ。バートラムはまだ未成年で王の被後見人なので、その資格はない。

輝かせるような愛の印を贈ってやってくれないか、
娘が即座に飛んで来られるように。
（バートラムは指輪を渡す）
この年老いた髭の一本一本にかけて言うが、亡くなった
ヘレンは可愛い人だった。宮廷で最後に別れを
告げたとき、ちょうどこのような指輪を
はめているのを見た憶えがある。

バートラム　その指輪は彼女のものではありません。

王　ちょっと見せてくれ。実は先ほど話をしながら
私の目はたびたびこれに釘付けになった*。
これは私の指輪だった。私がこれをヘレンに与えたとき、
私は言ったのだ、万一窮地に立たされ、助けを
必要とするようなら、これを証拠として差し出せ、
そうすれば助けてやると。何にも優る彼女の支えを
お前は騙し取ったのか？

バートラム　恵み深い陛下、
陛下がどのようにお思いになろうと、

＊オックスフォード版はここに「ラフューは王に指輪を渡す」というト書きを入れている。

この指輪は断じて彼女のものではありません。

伯爵夫人　息子よ、この命にかけて、
私もあの子がそれを嵌めているのを見ました、
命より大切なものだと言っていた。

ラフュー　私も、確かに見ました。

バートラム　閣下の思い違いです、彼女は見てもいません。
その指輪は、フィレンツェのある家の窓から私に向かって
投げ込まれたのです、紙に包んであり、その紙には
指輪を投げた女の名前が書いてありました。高い身分の
女でしたが、[*1]私には決まった相手はいないと思っていたようで
す。
しかし私が自分の状況と身分を打ち明け、せっかくだが
彼女の誘いは名誉の点からも受けられないと懇々《こんこん》と
言ってきかせたところ、泣く泣く納得したものの、
その指輪はどうしても受け取ろうと
しなかったのです。

王　[*2]富の神プルトスは

＊1
Fには stood ingag'd とあり、この ingag'd は un-gaged（誰とも婚約していない、自由だ）とか en-gaged（婚約している、深く関わる）と校訂されてきた。文脈上前者が適切だと判断した。後者の engaged を採れば、「私が指輪を受け取ったので、それで婚約が成立したと思い込んだようです」となる。

＊2
Plutus　ギリシャ神話に登場する富の神で、肥沃な野がもたらす豊かさを保護した。母は大地の女神デメテル、父はイアシオン。

劣った金属を黄金に変えたり増やしたりする秘術に
精通していたが、この指輪についての私の知識は
それ以上だ。これは私のものだった、ヘレンのものだった、
お前が誰からもらったにしても。だからもし
お前におのれの何たるかが分かっているなら、
これが彼女のものだったと白状し、どのようにして
強奪したかを言え。彼女が聖者たちを保証人に立てて
誓ったのは、ベッドでお前に与えるか——もっともお前は
そのベッドに寝たこともないのだが——あるいは彼女が
大きな災難に見舞われて私に送ってよこす以外には、
決して指からはずさないということだ。

バートラム　彼女はその指輪を見てもいません。

王　私の名誉にかけて、お前は嘘をついている、
お前のせいで胸のなかに恐ろしい憶測が、いくら
締め出そうとしても押し寄せてくる。お前が血も涙もない
鬼畜《きちく》だと分かれば——まさかそんなことはあるまいが、
いや、何とも言えん。お前はヘレンを死ぬほど嫌っていた、

そして彼女は死んだ、この手で彼女の目を閉じてやれば
死んだことは信じられるが、そうでなくとも
この指輪を見れば疑いようはない。彼を引っ立てろ。
この件がどう決着するにせよ、すでに得た証拠によって、
私の怖れが愚かで根拠薄弱なものでないのは明らかだ、
むしろ怖れ方が足りなかった、愚かなことを
してしまった。彼を引っ立てろ。
この件は改めて追及しよう。

バートラム　その指輪が彼女のものだと
証明することがお出来になるなら、フィレンツェの彼女のベッ
ドで
私が夫の役を演じたことの証明もお出来でしょう、
彼女はフィレンツェには行ったこともありません。

（警護されて退場）

鷹匠の紳士登場。

王　不安な思いから抜け出せん。

鷹匠　恵み深い陛下、
お叱りを受けるかもしれませんが、
これはフィレンツェのある女からの請願書でございます。
その女自身でお渡しすべきところ、四度か五度、陛下に
追いつき損ねたとのことで、私が引き受けました、
哀れな請願者の上品なものごしや言葉遣いに
動かされまして。その女はもうそろそろ
ここに到着すると存じます。差し迫った重要な
用件であることは顔に出ておりましたが、そのうえ
可憐《かれん》な口ぶりで、その女ばかりか陛下ご自身にも
関わりのあることだと申したのです。

王（手紙を読む）「彼は妻が死んだら必ず結婚すると幾度となく
誓ったうえ、口に出すのも恥ずかしいことですが、私をモノにし
ました。ルシヨン伯爵が独身に戻ったいま、私にはその誓いの実
行を求める権利があります、私の純潔がその支払いです。彼は別
れも告げずにフィレンツェから逃げ出しました。私はそのあとを

追い、正義のお裁きを求めてこの国に参ったのです。ああ、王よ、正義をお授けください！　正義はそのお手にあるのですから。さもなくば誘惑者が栄え、哀れな娘は身を滅ぼします。

ダイアナ・キャピレット」

ラフュー　婿は市場へ行って買ってこよう。こっちのほうは売りに出す。もう用はない。

王　ラフュー、天はお前のためを思い、こうして事を暴いてくださったのだ。請願者を探してこい。急げ、それから伯爵をもう一度連れてきてくれ。

（鷹匠と従者たち退場）

伯爵夫人、心配だ、ヘレンの命は汚い手で奪われたのではないか。

伯爵夫人　犯人に厳罰を！

バートラム、警護されて登場。

王　どうやらお前にとって妻というものは化け物らしい、

夫になると誓ったとたんに逃げ出して
またもや結婚したがるのだから。

未亡人とダイアナ登場。

誰だ、その女は？

ダイアナ　私は、陛下、フィレンツェから参りました、
キャピレットという旧家の出の不幸な女でございます。
私の訴えは、もうお分りだと存じます、ですから、
どこまで憐れみをお掛けになれるかもお分りでしょう。

未亡人　私はこの子の母でございます、私の名誉も年老いた身も
この訴訟に打ちひしがれ苦しんでおります、陛下の
お助けがなければ、名誉もこの身も死ぬしかありません。

王　ここへ来なさい、伯爵。この女たちを知っているか？

バートラム　陛下、知っています、私はそれを否定できませんし、
否定する気もありません。二人の私への告発はそれだけです
か？

ダイアナ　なぜご自分の妻にそんなよそよそしい目を向けるのですか?

バートラム　陛下、この女は私の妻ではありません。

ダイアナ　あなたが結婚なさるなら、相手に
その手を与えるでしょう、そしてそれは私のものです、
天への誓いを与えるでしょう、そしてそれは私のものです、
この私を与えるでしょう、そしてそれは私のものであるはずです、
なぜなら私は誓いによってあなたと一体なので、
あなたと結婚する女は私とも結婚しなくてはなりません、
二人と結婚するか、あるいは誰とも結婚しないか。

ラフュー　あなたの評判は地に落ちた、私の娘にはふさわしくない。婿になどまっぴらだ。

バートラム　陛下、これは捨て鉢になったバカ女です。
私も一緒に浮かれ騒いだことくらいはありますが。どうか陛下、
その気高いお考えを私の名誉にお向けください、私がここで
名誉をおとしめようとしているなどとお思いにならずに。

王　お前が行為によってそう思わせるまで
私の考えはお前の味方ではない。お前の名誉が
私が思っている以上に立派だと証明しろ。
ダイアナ　彼にお尋ねください、私の処女を
奪わなかったと誓えるかどうか。
王　さあ、何と答える?
バートラム　この恥知らずな女は、陛下、誰もが買える[*]
娼婦です、兵隊の相手をしていました。
ダイアナ　ひどい侮辱です、陛下。私がそのような女なら、
この人は誰もが払える値段で私を買ったはずです。
この人を信じてはなりません。ああ、この指輪をご覧ください、
これほど高貴で高価な指輪はこの世に
二つとありません。それなのにこの人はこれを
誰とでも寝る兵隊相手の娼婦に与えたのです、
私が娼婦だとすれば。
伯爵夫人　息子は赤面している、図星なのです。
その宝石は、遺言によって我が一族に代々受け継がれ、

＊　And was a common gamester to the camp. 次のダイアナの台詞にも He might have bought me at a common price.（彼は普通の値段で私を買えたはず）とあり、また He gave it a commoner o'th'camp.（彼は兵舎で共有の娼婦に与えた）とも言っている。Common には「共有の」と「普通の」という意味がある。

すでに六代にわたって所有され着用されて
きたものです。この人は息子の妻、
その指輪が一千の証拠です。

王　確かあなたは、この件で
証言できる者を宮廷で見かけたと言ったようだが。

ダイアナ　はい、陛下、ですがあれほど悪辣《あくらつ》な人間を
証人にするのは気が進みません。名前はパローレスです。

ラフュー　その男なら先ほど会いました、あれでも男なら。

王　探して連れてこい。

（従者退場）

バートラム　呼んでどうなさるのです？
あれは有名な奴隷根性の変節漢で、この世の
ありとあらゆる悪徳を身につけて堕落しきっており、
真実をひとこと言うだけで胸が悪くなるという男です。
あることないこと並べ立てるあんな男の証言で
私が黒か白かを判断なさるのですか？

王　彼女はお前の指輪を持っている。

バートラム　そう思います。確かに私は彼女が好きになり、
若さ特有の遊びたいやりたいの一心で、迫りました。
この女は間合いの取り方を心得て私を釣り上げようとし、
わざと冷たくされた私はのぼせ上がって半狂乱でした、
愛欲は止められればますます
募るものですから。結局この女は
平凡な容姿と非凡なずる賢さで私を騙し、
言い値で買わせたのです。そして指輪をせしめた、
私は、どんな貧乏人でも安値で買えるような
しろものを摑まされたのです。
ダイアナ　我慢しなくては。
立派な最初の妻を追い出したあなたですもの、
私を押さえ込んで当然です。でも、どうか――
あなたには美徳が欠けている、そのせいで私は夫を失うのです
――
あなたの指輪を取りに来させなさい、ちゃんとお返しします、
ですから私の指輪も返してください。

バートラム　そんなものは持っていない。
王　あなたのはどんな指輪かな？
ダイアナ　陛下が指にはめていらっしゃるのにそっくりです。
王　この指輪を知っているのか？　この指輪はさっきまで彼のものだった。
ダイアナ　そして私がこの人にあげました、ベッドの中で。
王　ではあなたが窓から彼に向かって投げ込んだという話は嘘になるな。
ダイアナ　私がお話ししたのは真実です。

パローレス登場。

バートラム　陛下、白状します、その指輪はこの女のものでした。
王　素早く身をかわしたな、羽根一枚動いてもびくっとする。先ほど言っていたのはこの男か？
ダイアナ　はい、陛下。

王　おい、答えろ――だが正直にだぞ、王の命令だ、
　お前の主人の怒りなど恐れることはない、
　正直に話せば庇《かば》ってやる――
　彼とこの女について、お前は何を知っている？
パローレス　畏れながら、陛下、私の主人は名誉ある紳士でありました。したがいまして、紳士らしいいたずらっ気《け》をお持ちでした。
王　おいこら、はぐらかすな。彼はその女を愛したのか？
パローレス　はい、陛下、確かに愛していました。どのように、ですか？
王　どのようにかな？
パローレス　愛していました、紳士[*1]が普通の女を愛するように。
王　つまりどういう風[*2]にだ？
パローレス　つまりその女を愛して、愛さなかった。
王　お前がワルで、ワルでないようにか。何という二枚舌野郎だ！
パローレス　私はしがない男です、何ごとも陛下の御意《ぎょい》のままに。

＊1
...as a gentleman loves a woman. 紳士の相手ならa woman ではなくa gentlewoman あるいはa lady（共に淑女・貴婦人などと訳される身分の高い女性）という含みがある。

＊2
He loved her, sir, and loved her not. 「彼女を肉体的に愛したが、結婚する意図はなかった」（アーデン2）、「彼女とセックスしたかったが、結婚はしたくなかった」（RSC）、「彼女の体を愛した、だが人としては愛さなかった」（NHK）などと解釈されている。

ラフュー　この男は太鼓*としてはよく鳴りますが、弁舌家としてはなってません。
ダイアナ　この人が私に結婚すると約束したのを知っていますか？
パローレス　確かに、知っている、いま言おうとしてること以上に。
王　だが知っていることをすべて言う気はないのか？
パローレス　いえ、あります、陛下がお望みでしたら。申し上げたように私は二人の仲を取りもちました。しかしそれにとどまらず、主人はその女を愛してしまい、狂ったように彼女を求め、魔王サタンだの、地獄の辺土《へんど》だの、復讐の女神だの、訳のわからないことを口走りました。当時の私はまだどちらからも信用されていたので、二人が寝たことや、結婚の約束やなんやかやがあったことも知っています。それに、しゃべれば恨みを買うようなことも。ですから知っていることもしゃべりません。
王　もうすっかりしゃべったではないか、二人がすでに結婚したとでも言えるなら別だが。それにしてもお前の証言はごまかしだ

＊ He's a good drum. このdrumの意味は一義的には鼓手（drummer）だが、やかましい虚ろな音しか出さない太鼓という含みがある。またラフューはパローレスが軍鼓を失くしたことも言いたいのかもしれない。

らけだ。もうよい、さがっていろ。
この指輪はあなたのものだったと言うのだな。
ダイアナ はい、陛下。
王 どこで買った？　それとも誰かにもらったのか？
ダイアナ もらったのでも買ったのでもありません。
王 誰に借りた？
ダイアナ 借りたのでもありません。
王 では、どこで拾った？
ダイアナ 拾ったのでもありません。
王 これがあなたのものになった経緯《いきさつ》がいま言ったどれでもないのなら、
どうして彼に与えられたのだ？
ダイアナ 私は与えませんでした。
ラフュー この女はゆるい手袋ですな、陛下。脱ぐのもはめるのも意のままだ。
王 この指輪は私のものだった、私はそれを彼の最初の妻に与えた。

ダイアナ　陛下のものか、その方のものでしょう、たぶん。
王　この女を引っ立てろ、気に食わん。
　牢へぶち込め、その男もだ。
　この指輪をどこで手に入れたかを言わぬと、*
　お前を一時間以内に死刑に処す。
ダイアナ　絶対に言いません。
王　連れてゆけ。
ダイアナ　保証人を立てて保釈を申請します。
王　こうなるとお前が娼婦だと思わざるを得ん。
ダイアナ　私は男を知りません、天に誓って。
王　なぜお前は終始こうして彼を告発するのだ？
ダイアナ　この人が有罪で、無罪だからです。
　この人は私が処女ではないと知っており、そう誓うでしょう。
　私は誓って処女ですが、この人はそれを知りません。
　偉大な陛下、この命にかけて、私は商売女ではありません。
　私は処女です、さもなくばこの老人の妻に違いありません。
王　この女は王の耳を弄《もてあそ》ぶ。投獄しろ！

* Unless thou tell'st me where thou hadst this ring, ...　これまで王がダイアナに対して使う二人称代名詞は丁寧な you (your you) だったが、ここからは相手を見下す thou (thy, thee) に変わる。

ダイアナ お母様、保釈の保証人を。（未亡人退場）お待ちください、陛下。

その指輪の持ち主の宝石商を呼びます、
その人に私の保証人になってもらいます。でもこちらの伯爵は、
ご自身でもお分かりのとおり私を弄《もてあそ》びました、もっとも、
私に害を加えたわけではないので、ここで放免します。
またご自身でもお分かりのとおり私のベッドを穢《けが》しました、
そしてその時、彼の妻は懐妊しました。
彼女は死にましたが、そのお子がおなかを蹴るのを感じています。
死んだ者が生きている、これが私のかける謎です、
さあ、その意味はご覧のとおりです。

ヘレンと未亡人登場。

王 この目の働きを
たぶらかす魔術師がいるのではあるまいな？

私が見ているものは実在するのか？
ヘレン　いいえ、[*1]あなた、
あなたが見ているのは妻の影、
　妻という名前だけで実体はありません。
バートラム　名も実《じつ》もある。許してくれ！
ヘレン　ああ、あなたが私をこの娘さんだと思っていた時、
あなたは驚くほど優しかった。そこにはあなたの指輪が、
そして、ご覧なさい、ここにはあなたの手紙が。書いてあるのは、
[*2]「あなたが私の指から指輪を手に入れることができ、
私の子供をみごもるなら、云々《うんぬん》」。これが
二つとも果たされたいま、あなたは私の夫、いかが？
バートラム　陛下、ヘレンがもしこの経緯《いきさつ》を明らかにしてくれるなら、
私はいつまでも、いつまでも彼女を愛します、心から。
ヘレン　もしも明らかにならず、嘘いつわりだと分かれば、
死に等しい別離が私とあなたの間に割って入りますよう。

＊1
王からの問いかけの答えをバートラムに向かって言っている。「いいえ、あなた」の原文はNo, my good lord。次のヘレンの台詞の冒頭もO my good lordである。
＊2
When from my finger you can get this ring/ And are by me with child, etc. 三幕二場（一〇五頁）で読み上げられる手紙は散文で、文言も*When thou canst get the ring upon my finger, which never shall come off, and show me a child begotten of thy body that I am a father to,...* と違っている。ここでの「引用」がetc.（エトセトラ、等々、云々）で終わっていることからも、ヘレンの要

ああ、大切なお母さま、お元気でいらしたのですね。

ラフュー 目にタマネギの匂いがしみる、涙が出てきそうだ。
おい、太鼓大将、ハンカチを貸してくれ。
ありがとう。私のところに来い、一緒に面白おかしくやろうじゃないか。いや、お辞儀はいい、むかつくだけだ。

王 これまでの経緯《いきさつ》を逐一《ちくいち》聞かせてもらおう。
ことの真相がまっすぐ喜びの中に流れてこられるよう。
(ダイアナに)お前が咲いたばかりでまだ摘まれていない花なら、
夫を選びなさい、持参金は私が出してやるから。
察するところ、お前の正直な助けによって
妻は妻の座を取り戻し、お前は処女の身を保った。
いずれゆっくり話を聞き、ことの顚末《てんまつ》を
細大漏らさず明らかにしてもらおう。
終わりがこうもめでたければ、すべてよしらしい、
苦い出来事が過ぎ去れば、甘い訪れが待ち遠しい。

約であることが分かる仕掛け。

エピローグ*

こうして芝居が終わったからは、王も物乞いに成り果てます。
ご満足のしるしを拍手でお示しくださるよう乞い願います、
それで終わりはすべてよし。そのお返しに、役者一同
皆様にお楽しみいただくため、日々ますます励みましょう。
辛抱強く芝居をご覧の皆様からお手を頂戴できるなら、
感謝の心をお受け取りください、神妙に控える私どもから。

幕

* 流れと内容から言って、王役の俳優がエピローグを語るとされる。

訳者あとがき

『終わりよければすべてよし』(以下『終わりよければ』) はシェイクスピア劇群のなかでも異例ずくめの作品だ。

「異例」に出会うたびに「あれっ⁉」となるわけだが、それがまず第一幕第一場第一行目で来た。「息子を送り出すのは、私にとって二人目の夫の埋葬です」と訳したルシヨン伯爵夫人の台詞だ (原文は In delivering my son from me, I bury a second husband. それにしても一種異様な言い回しではある)。

あれっ、シェイクスピア劇で女性の登場人物が第一声を発するのって他《ほか》にあったっけ? ない。

そんなことは翻訳に当たるずっと前に分かっていてしかるべきだろうし、先刻ご承知の向きは大勢おいでだろうが、私としてはこのたび初めて気づいたこと。これもまた「読むと訳すとは大違い」の一例である。ともかく、三十七本のシェイクスピア戯曲の中で、劇の開口一番が女性キャラクターに託されているのは『終わりよければ』ただ一本なのだ。

これが「異例」その一。

　その二。異例の最たるものは主人公ヘレンその人だ。そもそも彼女はシェイクスピア劇のヒロインのなかでは唯一無二のキャリアウーマン、と敢えて言ってしまおう。他のヒロインたちと峻別するために。つまりヘレン以外はほとんどすべて偉い男（国王とか公爵とか）の娘か妻なのだ。『ロミオとジュリエット』のジュリエットはヴェローナの名家の娘、『お気に召すまま』のロザリンドは前公爵の姫君、『オセロー』のデズデモーナはヴェニスの貴族の娘にして将軍の妻。「仕事がある」という意味で、例外は『アントニーとクレオパトラ』のエジプト女王クレオパトラと『尺には尺を』の見習い修道女イザベラ、そして、男装し小姓シザーリオとして働くヴァイオラ（『十二夜』）くらいだろうか。『ヴェニスの商人』のベルモントの女相続人ポーシャと『十二夜』の女伯爵オリヴィアも例外に入れていいかもしれない（ヴァイオラの双子の片割れセバスチャンがオリヴィアについて「こうして一家を取り仕切り、召使に指示を出し、きちんと仕事を片付け」ていると言っている）が、彼女らとて、故人とは言え「偉い父親」の娘であることに変わりはない。

　そこへいくとヘレンは、故ルシヨン伯爵の侍医だった父から数々の医療の処方（箋）を受け継いだ、いわば女医、ラフュー卿に言わせれば「ドクター彼女（Doctor She）」である。技量も優れているらしく、フランス王の難病を治してしまう。

「異例」その三は本作のカップル、バートラムとヘレンの身分である。前者は、ヘレンの父ジェラール・ド・ナルボンヌが仕えていた伯爵の遺児で現ルシヨン伯爵であり、そのバートラムに言わせれば、後者は「貧乏医者の娘」。

シェイクスピア作品の中には様々な恋人カップルが登場するが、身分の違いで見ると、ほとんどすべて男女の身分が同等か、あるいは女のほうが上。〈男が上で女が下〉というケースは本作と『十二夜』（イリリアの公爵オーシーノーとヴァイオラ）、『尺には尺を』（そもそもカップルと呼べるか否か問題だが、ウィーンの公爵ヴィンセンショーとイザベラ）だけと言っていい。『終わりよければ』はその極み、男のほうが高嶺の花である身分違いの恋の物語なのだ。これは追って詳述する。

「異例」その四。本書の「解説」で前沢浩子さんも「シェイクスピア劇の中で女性登場人物が長い独白を語ることはめったにない」と指摘しておいでのとおり、ヘレンは長い独白を語る。長いだけでなく、回数も多い。計三回、行数にすれば七十二行である（一幕一場一四〜一六頁と二二〜二三頁、それぞれ二十七行と十四行。三幕二場一〇八〜一一〇頁、三十一行）。独白の回数と行数がヘレンより多いシェイクスピア劇のヒロインは『ロミオとジュリエット』のジュリエットしかいない（アーデン・シェイクスピア版第三シリーズでカウントすると、九回で百三十八行）。

さらに注目すべきは、ヘレンのみならず伯爵夫人にもダイアナにも独白があることだ（前者は二回、一幕三場三七頁と三幕二場一〇二〜一〇三頁、手紙の音読を含め二十二行、後者は一回、四幕二場一四六〜一四七頁、十行）。

一方、男性の登場人物で独白を語るのはパローレスただ一人である（四回、十四行。二幕三場八三〜八四頁、八五頁、三幕五場一二二頁、四幕一場一三六〜一三八頁）。二幕一場でヘレンを紹介しようとするラフューについて、王も「あの男はいつもこうだ、つまらんことに前口上をつける」と誰にともなく言う（五四頁）ので、これを「独白」にカウントしてもいいが、一行である。

ハムレットを持ち出すまでもなく、シェイクスピアが独白を与えている圧倒的多数は男性の登場人物である。例えば『ハムレット』のハムレットは七回、二百十八行、『ジュリアス・シーザー』のブルータスは五回、七十八行、『リア王』のリアは二回、三十三行、エドマンドは四回、五十三行、『マクベス』のマクベスは六回、百三十三行、マクベス夫人は九回、五十七行、『オセロー』のオセローは七回、百十六行、イアゴーは八回、百二十行、デズデモーナは二回、十五行、『ロミオとジュリエット』のロミオは九回、百五行、ジュリエットは八回、百三十二行（以上、インターネットにアップされているシェイクスピア全集shakespeare proのデータによる）。

そもそも独白という演劇上の約束事は、それを語る人物の内心の吐露であり、ほとんどの場合、観客の共感をその人物に呼び寄せ引き入れるための通り道と言えよう。とすれば、三人もの女性キャラクターに独白を与え、観客の共感を彼女らに向けようとしたシェイクスピアは、バートラムをはじめとする男性人物たちよりもヘレン、伯爵夫人、ダイアナに肩入れしていると言えるのではないだろうか。

さてここで「異例」その三の詳述に入ろう。そう、男（バートラム）の身分が上で、女（ヘレン）の身分が下という、シェイクスピア劇のカップルとして彼らは異例だという話。

シェイクスピア劇に関するかぎり、すべての喜劇は結婚で終わり、すべての悲劇は結婚から始まる、というのが私の持論だが、喜劇『終わりよければ』はその点でも異色である。言ってみれば、劇の半ばで一度ヘレンと結婚したバートラムは彼女と死別し、生き返ったヘレンと再婚するわけだ。しかも最初の結婚においては、権威ある支配者の一存で結婚を決められ、自分の意志も好みも無視される不幸を、男（バートラム）が味わうのだ。『夏の夜の夢』のハーミアのように。

女の身分が上である結婚では、女の側の家名はそのまま維持される。つまり婿取りである。

『十二夜』の女伯爵オリヴィアについて、彼女の叔父サー・トービー・ベルチが、飲み仲間であり、飲んだり騒いだりの資金源であり、姪のオリヴィアに求婚にやってきたサー・アンドリューに向かって「あいつは公爵なんかに興味はないさ、自分より上の男とは結婚しないんだ。身分、年齢、知恵のどれをとってもな」というのは、ちょっとオツムの足りないサー・アンドリューに希望を持たせて長逗留させるための単なる口から出まかせではないのだった。オリヴィアの場合、身分が上のオーシーノー公爵と結婚すれば彼女の家名は消滅するからだ。

本作でも五幕三場でラフューがバートラムに向かって言う「さあ、我が息子よ、ラフューという家名はあなたに呑み込まれるわけだが」と同根である。

というようなことどもに、なぜ、何をきっかけとして気付き、それらについて考えることになったのか?

すべての始まりはヘレンの台詞の訳し難《にく》さだった。訳していてなぜか躓《つまず》いてたたらを踏むようなところが多々あったのだ。原文が難しいわけではない。いや、元へ。難しい、非常に難しい。どう解釈したらいいか分からない語句や文章は枚挙にいとまがない。これはすべてのシェイクスピア作品について言えることではあれ、『終わりよければ』の場合は格別だった。本訳の底本にしたのはSuzanne GossettとHelen Wilcox編注のアーデン・シェイクスピア版第三シリーズだが、本文の解釈や脚注作りのために九種の原文テクストを参照した。それらの注釈が原文解釈の頼みの綱なのだが、本作ほどその注釈のなかにperhapsやmaybe（どちらも「たぶん」とか「かもしれない」の意）という語が挟み込まれたり、注釈の文末に（?）が付されたりする語句や文章が多い作品は初めてだった。

それとは別の難しさ、まさしく「訳しにくさ」が本作にはあったのだ。

ヘレンが相対する人物は、上はフランス国王から下は道化のラヴァッチまで様々で、彼女はこの劇中最も多様な人間関係を結ぶ。ヘレンより社会的地位が上なのは、フランス国王、伯爵夫人、バートラム、ラフュー卿、デュメイン兄弟など。パローレスとヘレンの身分差は微妙。フィレンツェの三人の女性たちは、未亡人が巡礼相手の宿を営んでいることからも、ヘレンより下の庶民と考えられる。

「訳しにくさ」の因って来るところは、ヘレンと身分が上の人物たちとの距離をどう日本語で表現するかという問題である。言い換えれば、英語の原文には「ない」距離を、日本語にするときには「あらしめ」ざるを得ないという問題。ヘレンより身分が下だと思われるダイアナの対バートラム、対国王の台詞についても同じことが言える。

たとえば、彼女らが独白の中でバートラムに言及するときの、距離のない he (his, him) は「彼」か「あの人」か、それとも上方に距離を置く「あの方」か。

そんなヘレンやダイアナが時としてバートラムに対して命令形を使うのだが、それがなかなかうまく日本語にできない。

そこではたと思い当たったのは、劇作家・永井愛さんの傑作戯曲『ら抜きの殺意』である。健康機器を販売する会社の事務室を舞台に、「ら抜き言葉」をはじめとする現代日本語の問題を網羅した喜劇。その中で、この会社の副社長、八重子と女子社員の遠部が次のような対話をする。

八重子　(略) 女だけしかつかわない、女言葉に命令形があるか探してごらんなさいな。
遠部　ないですかぁ、命令形？
八重子　私もずっと探してるのよ、でもまだ見つからないの。(略)
どうもねえ、日本人は女に命令してほしくなかったらしくて…(略)
日本の女言葉は人を動かしたいとき、お願いしかできない仕組みになってるのが
大チョンボよ。ボガートが「出てけ！」って言ったら、バーグマンは「お前こそ

出てけ！」って言えるのに。

「日本語の女性言葉には命令形がない」、これは卓見である。女の命令はすべて「〜してください」「〜していただけますか」という〈依頼・お願い〉になる。けれど『終わりよければ』では女性で下位の者であるヘレンが上位の男性に向かって命令形を使うことがある。ヘレンと協力してバートラムに一泡吹かせるダイアナも同様だ。

たとえばBe gone.を「お願い」（「出ていってくださいますか」）にならず、かと言ってがさつに（「お前こそ出てけ」）もならずに、日本語にするにはどうすればいい？　と、そこで新たな疑問がひとつ。「命令」を「お願い」として口に出すのは女性だけだろうか。

日本語の動詞の活用には未然形、連用形、終止形、連体形、仮定形、そして命令形がある。このたび『終わりよければ』の翻訳作業を通した考察で見えてきたのは――。実際に活用どおりの命令形を使うのは権力者・支配者・上位にある者のみと言ってよく、振り返ってみれば、本作でもこの言わば「純・命令形」を使っている（訳者から言えば「使わせている」）のは、伯爵夫人、フランス王、フィレンツェ公爵であり、それ以外は上下関係がはっきりしている場合に限られる、ということだ。

現にバートラムがダイアナに言い寄る四幕二場（一四四頁）で、彼は言う、「そんな考えは変えてくれ、変えてくれ！／君は神聖で残酷だ、やめてくれ。／（中略）もうそんなにつれなくしないで、／僕に身を任せてくれ、(中略)僕のものになると言ってくれ」。

この引用の原文はChange it, change it!/ Be not so holy cruel./ ...Stand no more off,/ But give thyself unto my sick desires.../ Say thou art mine.

これを純・命令形を使って訳せば「そんな考えは変えろ、変えろ！　君は神聖で残酷だ、やめろ。もうそんなにつれなくするな、僕に身を任せろ」となる。とても使えたものではない。

要するに、相手への指示・命令を依頼として表現するのは日本語の特質、というか日本語に内在することであり、発話者が女か男かには関係ないが、女性だとその傾向が強まる、ということだろう。

というわけで、依頼や過度の謙遜にならずに、命令形を含む原文を日本語で活かすには、とロープの上を走るような難しさを感じたのは『終わりよければ』が初めてだった。

「嫌われているのは分かっているけれど、それでも好き、あの人が欲しい！」というヘレンの強さ。これほど諦めない女は他にいないのではないか。しかも単に愛されることではなく、結婚を望んでいる。彼女がやろうとしていることは、当時としては革命的。

シェイクスピアが社会の約束事に対する異議を、障害を乗り越えて目的を遂げようとするヒロインに託して描いたのは間違いないだろう。シェイクスピアは毎作必ず新しい挑戦をしているが、いくつもの「異例」が示すように、『終わりよければ』は、まさに実験精神に溢れた作品なのだった。

　翻訳の底本にしたのはSuzanne GossettとHelen Wilcox編注のアーデン・シェイクスピア版第三シリーズだが、本文の解釈や脚注作りのために以下の諸版を常に参照した。Peter Alexander版によるＮＨＫシェークスピア劇場版（注釈David Snodin、補注と解説・中野里皓史）、G.K.Hunter編注のアーデン・シェイクスピア版第二シリーズ、Barbara Everett編注のニュー・ペンギン・シェイクスピア版、Russell Fraser編注のニュー・ケンブリッジ・シェイクスピア版、Susan Snyder編注（中野里皓史補注）のオックスフォード・シェイクスピア版、Barbara A. MowatとPaul Werstine編注のフォルジャー・シェイクスピア・ライブラリー版、Jonathan BateとEric Rasmussen編注のRSCシェイクスピア版、G. Blakemore Evans編注のリヴァーサイド版、Stephen Greenblatt責任編集のノートン版である。また、一六二三年出版の全集、ファースト・フォリオの復刻版にも随時当たった。

　参照した先行訳は、坪内逍遥訳（『ザ・シェークスピア』第三書館）、工藤昭雄訳（『シェイクスピア全集　喜劇Ⅱ』筑摩書房）、小田島雄志訳（白水Uブックス25　白水社）。

　参考文献は以下のとおり。Geoffrey Bullough編著の*Narrative and Dramatic Sources of SHAKESPEARE II Comedies (1597-1603)* (London: Routledge and Kegan Paul, New York: Columbia University Press)、『デカメロン』（上）ボッカッチョ、平川祐弘訳（河出

文庫）、E．C．ブルーワー著『ブルーワー英語故事成語大辞典』（大修館書店）など。

本訳による初演は二〇二一年五月十二日〜二十九日、彩の国さいたま芸術劇場大ホールにおける彩の国シェイクスピア・シリーズ第三十七弾としての公演である。

スタッフは以下のとおり。演出／吉田鋼太郎、美術／秋山光洋、照明／原田保、音響／角張正雄、衣裳／西原梨恵、ヘアメイク／佐藤裕子、演出助手／井上尊晶、舞台監督／小林清隆。

キャストは以下のとおり。ヘレン／石原さとみ、バートラム／藤原竜也、ルシヨン伯爵夫人／宮本裕子、パローレス／横田栄司、デュメイン兄弟／溝端淳平、河内大和、ラフュー卿／正名僕蔵、ダイアナ／山谷花純、フランス王／吉田鋼太郎、第一の兵士／廣田高志、フィレンツェ公爵／原慎一郎、リナルドー／佐々木誠、ラヴァッチ／橋本好弘、マリアナ／山田美波、ヴァイオレンタ／坂田周子、フィレンツェの未亡人／沢海陽子。鈴木彰紀、堀源起、齋藤慎平。

切れ味の良い「解説」を書いてくださった前沢浩子さんには、データ段階の本訳をお送りしてお読みいただいた。その結果、私の訳し落としや読み間違いに気づき、指摘してくださった。有り難い。ご指摘がなかったらどうなっていたかと思うとゾッとする。また、演出家であり、日本のシェイクスピア劇の研究者であり、ロンドンのRoyal Central School of Speech and Dramaで演技と発声を教えていたリチャード・キースさんからは、私にとって絶好のタイミング（つまり入稿直前）でメールを頂戴し、チャンス！　とばかりに山ほどの質問を投げかけた。キースさんは、そのひとつひとつに懇切丁寧にお答えくださった。

この場を借りてお二人にお礼を申し上げます。

二〇二一年三月　松岡和子

追記　『終わりよければすべてよし』は彩の国シェイクスピア・シリーズの「トリ」であり、これをもってちくま文庫の「シェイクスピア全集」も完結する。この喜びと安堵とをいちばん共にしたいお二人——蜷川幸雄さんと安野光雅さん——は「旅立った者は二度と戻ってこない未知の国」（『ハムレット』三幕一場）へ旅立ってしまわれた。けれど蜷川さん演出のシェイクスピア劇の鮮烈さは私たちの記憶に刻み込まれ、安野さんの文字通り多彩な表紙絵はこの全集と共に在り続ける。お二人に変わらぬ敬愛と感謝を捧げます。

解説　おとぎ話の敗北

前沢浩子

「二人はすえながく幸せに暮らしましたとさ。めでたし、めでたし。」これがおとぎ話のおさだまりの結末である。このおとぎ話のハッピー・エンディングをそのままタイトルにしているのが『終わりよければすべてよし』だ。

タイトルだけではない。劇中ではおとぎ話のモチーフがいくつも使われている。王様の不治の病は見事に癒される。ベッドを共にしようとしない夫の子供を妊むという無理難題も、忍耐と知恵によって乗り越えられる。死んだと思われていた善人が大団円で蘇った姿を現す。病の治癒、難題解決、死者の蘇生とそろえば、幸福な結末は確実なはずだ。だが劇作家バーナード・ショーが「苦いタイトルがつけられた苦い劇」と断じたように、『終わりよければすべてよし』には、おとぎ話の結末がもたらすシンプルな安堵感や達成感はおよそ感じられない。

『終わりよければすべてよし』というタイトルがむしろ皮肉に響くのは、この劇のおとぎ話的な要素が、ことごとく即物的な次元に引きずりおろされているからだ。喜劇の基本的なテーマは恋愛だが、この劇では恋愛とはセックスにほかならない。劇中では「処女」

(virgin, virginity) という言葉が二十回以上使われている。登場人物でもっともセリフが多いのはヒロインのヘレンで、二番目に多いのがホラ吹き兵士のパローレスだ。バートラムへの叶わぬ恋のつらさを嘆くヘレンは、そこにやってきたパローレスと処女談義を繰り広げる。「ズトーンと爆破」に対して「武装して抵抗」といった具合に、戦争の比喩を連ねての丁々発止でヘレンも負けてはいない。処女などさっさと捨ててしまえというパローレスに対し、「自分の好きなように手放すには?」とヘレンは聞き返すが、畢竟、この劇はヘレンにとって処女を自分の好きなかたちで手放すための戦いのドラマなのだ。

ヘレンに力を貸す女性に処女性の象徴である月の女神ダイアナの名前が付けられていることも示唆的だ。純潔の寓意であるダイアナと途中で入れ替わるベッド・トリックで、ヘレンは「自分の好きなように」で処女を手放すことに成功する。『終わりよければすべてよし』の材源はボッカチオの『デカメロン』第三日第九話を、ウィリアム・ペインターが英訳して物語集『快楽の宮殿』に収録したものだ。ボッカチオではベッド・トリックは何回か繰り返され、ジレッタ(ヘレンにあたる人物)から父親によく似た双子が生まれる。このボッカチオにあった民話的エロティシズムのおおらかさはシェイクスピアにはない。女と見れば処女を捨てろとしゃべりまくるパローレスと、氷のように冷ややかに純潔を守るダイアナを両極として、処女性がこの劇の支配原理だ。愛するかどうかではなく、やるかやらぬかが問題なのだ。

不治の病の快癒という民話的エピソードもこの劇では形而下にひきおろされている。フランス王の病気は体に管状の穴ができてしまう「瘻腔」だ。ボッカチオでは病気の部位は胸部と明らかにされているが、『終わりよければすべてよし』でははっきりとした言及はない。口にするのがはばかられる病気とされていることや、「ドクター彼女」が触れただけで患者は「ペンをピンと立て」とラフューが軽口を叩いていることから下半身の疾病が連想され、肛門部分の痔瘻ではないかと推論する研究者もいる。治療として施されるのも神秘的な魔法ではない。ヘレンは父親から処方箋を受け継いでおり、その処方が同じ病気をすでに治した実績があると自信を持っている。いわば治験済みの薬物だ。痔瘻の薬物療法となれば、もはや病気の治療はおとぎ話に出てくる奇跡ではない。

治療をためらう王に向かってヘレンは、天の力を信用するようにとは言ってみるものの、ヘレンは結婚についても医療についても、神に祈るのではなく、自らの力を頼む合理性を身につけている近代人だ。第一幕第一場はヘレンの独白で締めくくられている。独白は意識を言語化する強力な媒体だが、シェイクスピア劇の中で女性登場人物が長い独白を語ることはめったにない。この独白でヘレンは「人を治癒する力は往々にして私たち自身の中にある」と言っている。「治癒する力」（remedies）は病の治療とともに人生の修復でもある。運命は絶対的なものではなく、人間には自由な意志と行動の余地が与えられているとヘレンは力強く自らと観客に向かって独白している。

このヘレンの近代人宣言は、古き良き時代を代表するラフューの「奇跡は遠い過去のこと」になってしまったという嘆きと対をなす。この気の良い老貴族ラフューは王が健康を取り戻したことを大いに喜びながらも、超自然も科学者が「日常茶飯事」(modern)――昨今では往々にしてある出来事――にしてしまい、人々は未知のものへの恐怖や畏怖の念を失ってしまったと時代の変化を嘆息している。変わりつつある時代にあって、名誉や血統の価値も絶対的なものではなくなっている。いさましい軍人たちも実は見かけ倒しのはりぼてでしかない。高貴な血筋も肩書きでしかなく、人間の血液として見てみれば違いがないと指摘するのは、国王その人だ。死んだ巡礼の復活も、ヘレンの自己実現のための手段として脱神話化されている。まさに奇跡は郷愁のかなたへと遠く押しやられている。ヘレンはこの時代の変化の中に現れた新しい女の一人なのだ。

十九世紀の新しい女はイプセンの『人形の家』のノラだった。現実に目覚める女という社会問題を提起したイプセンの家庭劇は「問題劇」と呼ばれた。その流れの中で、十九世紀後半の批評家が、ロマンティックな喜劇から逸脱してしまうこの『終わりよければすべてよし』や『尺には尺を』を「問題劇」と呼び始めた。以来、「問題劇」という便利な呼び方がこの苦い喜劇には与えられ続けてきた。が、この呼び方自体が問題だ。この劇の「問題」とはいったい何なのか。悲劇と喜劇の要素が混在することが問題なのか。ベッド・トリックという狡猾な手段が問題なのか。最後まで改悛したのかどうかはっきりとしないバートラムの未熟な性格が問題なのか。強制的な結婚をさせられるのが女なら同情されるのに、王の命令にそむく若い男が卑劣漢扱いされるのは問題ではないのか――。などなど、「問題劇」というジャンルをどのように規定したら良いのかが定まらないまま、二十世紀以降のシェイクスピア批評において、劇の形式と内容の両方にわたって、この劇の「問題性」が多様な視点から取り沙汰されてきた。

創作年代とテクストもまた容易に答えの出ない問題である。シェイクスピアの生きていた時代の上演は記録に残っておらず、創作時期を決定するはっきりとした外的証拠はない。以前は、同じようにベッド・トリックが登場する『尺には尺を』に先行して一六〇三年頃に書かれたものと類推されていたが、近年では語彙や韻律の分析や後期の劇に共通する暗いトーンなどから、もう少し遅い一六〇五年から一六〇六年の執筆が想定されている。

議論をさらに厄介にしているのはテクストの問題だ。一六二三年の二つ折本の全集に入っているものが唯一の古い版本であるが、登場人物名の不統一や句読法、台詞の割り振りの乱れが目立つ。削除があったと考えられる部分もある。近年では、同時代の劇作家トマス・ミドルトンが加筆をして改作されたテクストが二つ折本の底本であるとする説が提唱されている。パローレスを懲らしめる部分とともに、先述のヘレンとパローレスの間で交わされる処女談義がミドルトンの加筆部分ではないかと議論されているのだが、その場合、加筆の前後でヘレンの人物造形に大きな違いがあるかないかも問題となってくる。パローレスの下衆な話題につきあう大胆な娘か、かなわぬ思いを胸にひとり密かに決意を固める乙女か。こうした議論には、精緻な本文研究の成果だけではなく、それぞれの時代や社会的コンテクストの中で変化するジェンダー観も影響を与え続けている。

長い間、もっとも上演機会の少ないシェイクスピア劇とされた『終わりよければすべてよし』が二十一世紀に入ってしばしば上演され、女性の演出家たちが高く評価されていることも偶然ではないだろう。二〇〇九年のロンドンのナショナル・シアターのマリアンヌ・エリオットの演出は、ラプンツェルのお城のシルエットが大きく浮かび上がるロマンティックな舞台だ。平凡な容姿のヘレンが赤頭巾ちゃんのいでたちで旅をしたり、結婚式でシンデレラみたいにキラキラ光るガラスの靴を履いたり、子猫ちゃんのコスプレでダイアナになりすますほどに、不釣り合いな相手を追いかける姿が痛々しく見えてくるという趣向だった。二〇一三年のロイヤル・シェイクスピア・カンパニーでのナンシー・メックラーの演出は、内気で等身大の現代女性であるヘレンが、女性同士の連帯に支えられる姿を描いた。一方、戦争に憧れるバートラムやゲイであることを隠すパローレスは、男らしい男というイデオロギーの犠牲者だ。現代のジェンダー・ポリティクスの複雑さを可視化する意欲的な演出が、これからもさらに試みられるだろう。

つじつま合わせの結末は「めでたし、めでたし」にはならない。持参金をたっぷり与えて夫を選ばせれば女は幸せになると楽観している王でさえ、この劇の結末では「すべてよいらしい」(All yet seems well)と留保をつけている。手放しのハッピー・エンディングなどない。王子様とむすばれたって幸せになるとは限らない。『終わりよければすべてよし』は幻想なき時代の喜劇だ。奇跡が科学にとって代わられたように、おとぎ話は苦い現実の前に敗北している。だがこの数年後、「ロマンス劇」と呼ばれる作品群で、シェイクスピアは再びおとぎ話の世界を書くことになる。失われた子供は見つかり、彫像に命が吹き込まれ、魔法が罪を罰しそして許す。奇跡は過去のものであるとリアルな認識を持ちながらも、それでもなお人は奇跡を願う。いやむしろ、苦い現実を生きてしまったがゆえに、人は起こりえなかったことに起きてほしいと祈る。その人々の祈りをおとぎ話に託す前に、シェイクスピアはいったんおとぎ話に決別を告げざるをえなかった。『終わりよければすべてよし』はそのように位置づけられる作品だろう。

⚜戦後日本の主な『終わりよければすべてよし』上演年表（一九四五〜二〇二一年）

松岡和子

＊上演の記録は東京中心。脚色上演を含む。
＊配役の略号は、ヘレン＝H、バートラム＝B、伯爵夫人＝C、パローレス＝P、フランス王＝K、ラフュー卿＝L、ダイアナ＝D

一九八〇年十一月　シェイクスピア・シアター＝小田島雄志訳／出口典雄演出／H＝中島晴美、B＝錦織伸行、C＝高村真弓、P＝吉岡清次、K＝河上恭徳、L＝佐藤昇、D＝中村雅子／東京・ジァン・ジァン

一九九一年五月　朗読シェイクスピア全集＝小田島雄志訳／荒井良雄朗読／東京・岩波シネサロン

二〇〇六年六月　板橋演劇センター＝小田島雄志訳／遠藤栄藏演出／W・EIZI美術／白土真平照明／堀内宏史音響／えみこ衣裳／H＝鈴木幸子、B＝鈴木吉行、C＝酒井恵美子、P＝稲増文、K＝遠藤栄藏、L＝神山寛、D＝北村京子／東京・板橋区立文化会館小ホール

二〇〇六年十一月　劇団AUN＝小田島雄志訳／吉田鋼太郎演出／劇団AUN美術／稲垣良治照明／角張正雄音響／劇団AUN衣裳／H＝千賀由紀子、B＝長谷川祐之、C＝沢海陽子、P＝横田栄司、K＝吉田鋼太郎、L＝牛尾穂積、D＝根岸つかさ／東京・エコー劇場

二〇〇八年五月　THEATRE MOMENTS＝小田島雄志翻訳参考／佐川大輔構成演出／清水義幸照明／寿島宅弥音響／竹内陽子衣裳／H＝小暮智美、B＝大地泰仁、C＝中原くれあ、P＝矢原将宗、K＝河崎卓也、L＝西森寛、D＝鈴木貴子／東京・シアターX（カイ）

二〇一〇年九月　楠美津香ひとりシェイクスピア『超訳終わりよければすべてよし』＝小田島雄志訳を参考にした脚色／東京・労音東部センター。二〇一五年十二月に東京で再演。

二〇一一年十一月　板橋区民文化祭・演劇のつどい＝小田島雄志訳／遠藤栄藏演出／W・EIZI美術／久富豊樹照明／堀内宏史音響／えみこ衣裳／H＝宮田久美子、B＝遠藤祐明、C＝酒井恵美子、K＝遠藤栄藏、L＝大倉一仁、D＝北島さつき／東京・板橋区立文化会館小ホール

二〇一四年三月　THEATRE MOMENTS『終わりよければすべてよし～ハッピーエンドの見つけ方～』＝小田島雄志翻訳参考／佐川大輔構成演出／石井みつる美術／宇野敦子照明／越川徹郎音響／有島由生衣裳／H1＝豊田可奈子、H2＝三石美咲、H3＝印田彩希子、B＝大島大次郎、C＝中原くれあ、P＝松浪淳平、K＝佐川大輔、L＝青木まさと、D＝池田美郷／東京・調布市せんがわ劇場

二〇一四年十月～十一月　文学座附属演劇研究所 研修科発表会＝小田島雄志訳／高瀬久男演出／乗峯雅寛美術／中山奈美照明／望月勲音響／H＝岡﨑加奈・小山真由（ダブルキャスト・以下同）、B＝塩谷 南・小川哲也、C＝四元理菜・内堀律子、P＝松永健資・鈴木大倫、K＝越塚 学・二ノ戸新太、L＝赤石蔫亮・鈴木啓太、D＝葭本未織・廣瀬響乃／東京・文学座アトリエ

二〇一五年二月　ヴィオロン文芸朗読会『末よければ総てよし』＝坪内逍遙訳／荒井良雄朗読台本／高橋正彦演出／東儀雅楽子笙演奏／H＝倉橋秀美、B＝菊地真之、C＝沢柳廸子、K＝久野壱弘、D＝石井麻衣子／東京・名曲喫茶ヴィオロン

二〇二〇年十一月　板橋演劇センター＝小田島雄志訳／遠藤栄藏演出／W・EIZI美術／稲垣良治照明／堀内宏史音響／えみこ衣裳／H＝朱魅、B＝古谷一郎、C＝三條三輪、P＝松本淳、K＝遠藤栄藏、L＝加藤敏雄、D＝塩塚みわ／東京・板橋区立文化会館小

ホール

二〇二二年五月

彩の国さいたま芸術劇場＝松岡和子訳／吉田鋼太郎演出／秋山光洋美術／原田保照明／角張正雄音響／西原梨恵衣装／井上尊晶演出助手／H＝石原さとみ、B＝藤原竜也、C＝宮本裕子、P＝横田栄司、K＝吉田鋼太郎、L＝正名僕蔵、D＝山谷花純／さいたま市・彩の国さいたま芸術劇場大ホール（予定）

本書はちくま文庫のための訳し下ろしである。

本書のなかには、今日の人権意識に照らせば不当・不適切と思われる表現を含む文章もあるが、本書の時代背景および原著作の雰囲気を精確に伝えるため、あえてそのままとした。

シェイクスピア全集（全33巻）
シェイクスピア　松岡和子訳
シェイクスピア劇、個人全訳の偉業！　第75回毎日出版文化賞（企画部門）、第69回菊池寛賞、第58回日本翻訳文化賞、2021年度朝日賞受賞。

すべての季節のシェイクスピア
松岡和子
シェイクスピア全作品翻訳のためのレッスン。28年にわたる翻訳の前に年間100本以上観てきたシェイクスピア劇と主要作品について綴ったエッセイ。

「もの」で読む入門シェイクスピア
松岡和子
シェイクスピア劇に登場する「もの」から、全37作品の意図が克明に見えてくる。「世界で最も親しまれている古典」のやさしい楽しみ方。（安野光雅）

ギリシア悲劇（全4巻）
荒々しい神の正義、神意と人間性の調和、人間の激情と心理。三大悲劇詩人（アイスキュロス、ソポクレス、エウリピデス）の全作品を収録する。

バートン版　千夜一夜物語（全11巻）
大場正史訳　古沢岩美・絵
めくるめく愛と官能に彩られたアラビアの華麗な物語――奇想天外の面白さ、世界最大の奇書の名訳による決定版。鬼才・古沢岩美の甘美な挿絵付。

高慢と偏見（上・下）
ジェイン・オースティン　中野康司訳
互いの高慢さから偏見を抱いて反発しあう知的な二人がやがて真実の愛にめざめてゆく……絶妙な展開で深い感動をよぶ英国恋愛小説の名作の新訳。

エマ（上・下）
ジェイン・オースティン　中野康司訳
美人で陽気な良家の子女エマは縁結びに乗り出すが、見当違いから十七歳のハリエットの恋を引き裂くことに……。オースティンの傑作を新訳で。

分別と多感
ジェイン・オースティン　中野康司訳
冷静な姉エリナーと、情熱的な妹マリアン。好対照をなす姉妹の結婚への道を描くオースティンの永遠の傑作。読みやすくなった新訳で初の文庫化。

説得
ジェイン・オースティン　中野康司訳
まわりの反対で婚約者と別れたアン。しかし八年後思いがけない再会が。繊細な恋心をしみじみと描くオースティン最晩年の傑作。読みやすい新訳。

ノーサンガー・アビー
ジェイン・オースティン　中野康司訳
17歳の少女キャサリンは、ノーサンガー・アビーに招待されて有頂天。でも勘違いからハプニングが
。

マンスフィールド・パーク
ジェイン・オースティン
中野康司訳
伯母にいじめられながら育った内気なファニーはいつしかいとこのエドマンドに恋心を抱くが――。恋愛小説の達人オースティンの円熟期の作品。

ボードレール全詩集I
シャルル・ボードレール
阿部良雄訳
詩人として、批評家として、思想家として、近年重要度を増しているボードレールのテクストを世界的な学者の個人訳で集成する初の文庫版全詩集。

文読む月日（上・中・下）
トルストイ
北御門二郎訳
一日一章、一年三六六章。古今東西の聖賢の名言・箴言を日々の心の糧となるよう、晩年のトルストイが心血を注いで集めた一大アンソロジー。

暗黒事件
バルザック
柏木隆雄訳
フランス帝政下、貴族の名家を襲う陰謀の闇――凜然と挑む美姫を軸に、獅子奮迅する従僕、冷酷無残の密偵、皇帝ナポレオンも絡む歴史小説の白眉。

ダブリンの人びと
ジェイムズ・ジョイス
米本義孝訳
20世紀初頭、ダブリンに住む市民の平凡な日常をリアリズムに徹した手法で描いた短篇小説集。リズミカルで斬新な新訳。各章の関連地図と詳しい解説付。

眺めのいい部屋
E・M・フォースター
西崎憲／中島朋子訳
フィレンツェを訪れたイギリスの令嬢ルーシーは、純粋な青年ジョージに心惹かれる。恋に悩み成長する若い女性の姿と真実の愛を描く名作ロマンス。

キャッツ
T・S・エリオット
池田雅之訳
劇団四季の超ロングラン・ミュージカルの原作新訳版。あまのじゃく猫におちゃめ猫、猫の犯罪王に鉄道猫。15の物語とカラーさしえ14枚入り。

ランボー全詩集
アルチュール・ランボー
宇佐美斉訳
束の間の生涯を閃光のようにかけぬけた天才詩人ランボー――稀有な精神が紡いだ清冽なテクストを、世界的ランボー学者の美しい新訳でおくる。

怪奇小説日和
西崎憲編訳
怪奇小説の神髄は短篇にある。ジェイコブズ「失われた船」、エイクマン「列車」など古典的怪談から異色短篇まで18篇を収めたアンソロジー。

世界幻想文学大全
幻想小説神髄
東雅夫編
ノヴァーリス、リラダン、マッケン、ボルヘス……時代を超えたベスト・オブ・ベスト。松村みね子、堀口大學、窪田般彌等の名訳も読みどころ。

素粒子　ミシェル・ウエルベック　野崎歓訳

人類の孤独の極北にゆらめく絶望的な愛——二人の異父兄弟の人生をたどり、希薄で怠惰な現代の一面を描き上げた、鬼才ウエルベックの衝撃作。

地図と領土　ミシェル・ウエルベック　野崎歓訳

孤独な天才芸術家ジェドは、世捨て人作家ウエルベックと出会い友情を育むが、作家は何者かに惨殺される——。最高傑作と名高いゴンクール賞受賞作。

競売ナンバー49の叫び　トマス・ピンチョン　志村正雄訳

「謎の巨匠」の暗喩に満ちた迷宮世界。突然、大富豪の遺言管理執行人に指名された主人公エディパの物語。郵便ラッパとは？　（巽孝之）

スロー・ラーナー［新装版］　トマス・ピンチョン　志村正雄訳

著者自身がまとめた初期短篇集。「謎の巨匠」がみずからの作家生活を回顧する序文を付した話題作。驚異に満ちた世界。　（高橋源一郎、宮沢章夫）

エレンディラ　G・ガルシア＝マルケス　鼓直／木村榮一訳

大人のための残酷物語として書かれたといわれる中・短篇。「孤独と死」をモチーフに、大著『族長の秋』につらなるマルケスの真価を発揮した作品集。

氷　アンナ・カヴァン　山田和子訳

氷が全世界を覆いつくそうとしていた。私は少女の行方を必死に探し求める。恐ろしくも美しい終末のヴィジョンで読者を魅了した伝説的名作。

アサイラム・ピース　アンナ・カヴァン　山田和子訳

出口なしの閉塞感と絶対の孤独、謎と不条理に満ちた世界を先鋭的スタイルで描き、作家アンナ・カヴァンの誕生を告げた最初の傑作。　（皆川博子）

オーランドー　ヴァージニア・ウルフ　杉山洋子訳

エリザベス女王お気に入りの美少年オーランドー、ある日目をさますと女になっていた——4世紀を駆ける万華鏡ファンタジー。　（小谷真理）

昔も今も　サマセット・モーム　天野隆司訳

16世紀初頭のイタリアを背景に、「君主論」につながるチェーザレ・ボルジアとの出会いを描き、「政治人間」の生態を浮彫りにした歴史小説の傑作。

コスモポリタンズ　サマセット・モーム　龍口直太郎訳

舞台はヨーロッパ、アジア、南島から日本まで。故国を去って異郷に住む〝国際人〟の日常にひそむ事件のかずかず。珠玉の小品30篇。　（小池滋）

バベットの晩餐会
I・ディーネセン
桝田啓介 訳

バベットが祝宴に用意した料理とは……一九八七年アカデミー賞外国語映画賞受賞作の原作と遺作「エーレンガート」を収録。（田中優子）

ヘミングウェイ短篇集
アーネスト・ヘミングウェイ
西崎憲 編訳

ヘミングウェイは弱く寂しい男たち、冷静で寛大な女たちを登場させ「人間であることの孤独」を描く。繊細で切れ味鋭い14の短篇を新訳で贈る。

カポーティ短篇集
T・カポーティ
河野一郎 編訳

妻をなくした中年男の一日を、一抹の悲哀をこめ、ややユーモラスに描いた本邦初訳の「楽園の小道」他、選びぬかれた11篇。文庫オリジナル。

フラナリー・オコナー全短篇（上・下）
フラナリー・オコナー
横山貞子 訳

キリスト教を下敷きに、残酷さとユーモアのまじりあう独特の世界を描いた第一短篇集『善人はなかなかいない』を収録。個人全訳。（蜂飼耳）

動物農場
ジョージ・オーウェル
開高健 訳

自由と平等を旗印に、いつのまにか全体主義や恐怖政治が社会を覆っていく様を痛烈に描き出す。『一九八四年』と並ぶＧ・オーウェルの代表作。

パルプ
チャールズ・ブコウスキー
柴田元幸 訳

人生に見放され、酒と女に取り憑かれた超ダメ探偵が次々と奇妙な事件に巻き込まれる。伝説的カルト作家の遺作、待望の復刊！（東山彰良）

ありきたりの狂気の物語
チャールズ・ブコウスキー
青野聰 訳

すべてに見放されたサイテーな毎日。その一瞬の狂った輝きを切り取る、伝説的カルト作家の愛と笑いと哀しみに満ちた異色短篇集。（戌井昭人）

死の舞踏
スティーヴン・キング
安野玲 訳

帝王キングがあらゆるメディアのホラーについて圧倒的な熱量で語り尽くす伝説のエッセイ。「２０１０年版へのまえがき」を付した完全版。（町山智浩）

スターメイカー
オラフ・ステープルドン
浜口稔 訳

宇宙の発生から滅亡までを壮大なスケールで描いた幻想の宇宙誌。１９３７年の発表以来、各方面に多大な影響を与えてきたＳＦの古典を全面改訳で。

トーベ・ヤンソン短篇集
トーベ・ヤンソン
冨原眞弓 編訳

ムーミンの作家にとどまらないヤンソンの作品の奥行きと背景を伝える短篇のベスト・セレクション。「愛の物語」「時間の感覚」「雨」など、全20篇。

品切れの際はご容赦ください

太宰治全集（全10巻）　太宰治

第一創作集『晩年』から太宰文学の総結算ともいえる『人間失格』、さらに『もの思う葦』ほか随想集も含め、清新な装幀でおくる待望の文庫版全集。

宮沢賢治全集（全10巻）　宮沢賢治

『春と修羅』、『注文の多い料理店』はじめ、賢治の全作品及び異稿を、綿密な校訂と定評ある本文によって贈る話題の文庫版全集。書簡など2巻増巻。

夏目漱石全集（全10巻）　夏目漱石

時間を超えて読みつがれる最大の国民文学を、10冊に集成して贈る画期的な文庫版全集。全小説及び小品、評論に詳細な注・解説を付す。

芥川龍之介全集（全8巻）　芥川龍之介

確かな不安を漠然とした希望の中に生きた芥川の全貌。名手の名をほしいままにした短篇から、日記、随筆、紀行文までを収める。

梶井基次郎全集（全1巻）　梶井基次郎

「檸檬」「泥濘」「桜の樹の下には」「交尾」をはじめ、習作・遺稿を全て収録し、梶井文学の全貌を伝える。一巻に収めた初の文庫版全集。（高橋英夫）

中島敦全集（全3巻）　中島敦

昭和十七年、一筋の光のように登場し、二冊の作品集を残してまたたく間に逝った中島敦――その代表作から書簡までを収め、詳細小口注を付す。

ちくま日本文学（全40巻）　ちくま日本文学

小さな文庫の中にひとりひとりの作家の宇宙がつまっている。一人一巻、全四十巻。何度読んでも古びない作品と出逢う、手のひらサイズの文学全集。

内田百閒　ちくま日本文学

花火　山東京伝　件　道連　豹　冥途　大宴会　流渦　蘭陵王入陣曲　山高帽子　長春香　東京日記　サラサーテの盤　特別阿房列車　他　（赤瀬川原平）

阿房列車――内田百閒集成1　内田百閒

「なんにも用事がないけれど、汽車に乗って大阪へ行って来ようと思う」。上質のユーモアに包まれた、紀行文学の傑作。（和田忠彦）

小川洋子と読む 内田百閒アンソロジー　内田百閒／小川洋子編

「旅愁」「冥途」「旅順入城式」「サラサーテの盤」……今も不思議な光を放つ内田百閒の小説・随筆24篇を、百閒をこよなく愛する作家・小川洋子と共に。

教科書で読む名作

羅生門・蜜柑 ほか　芥川龍之介

表題作のほか、鼻／地獄変／藪の中など収録。高校国語教科書に準じた傍注や図版付き。併せて読みたい名評論や「羅生門」の元となった説話も収めた。

現代語訳 舞姫　森鷗外　井上靖訳

古典となりつつある鷗外の名作を井上靖の現代語訳で読む。無理なく作品を味わうための語注・資料を付す。原文も掲載。監修＝山崎一穎

こころ　夏目漱石

友を死に追いやった「罪の意識」によって、ついには人間不信にいたる悲惨な心の暗部を描いた傑作。詳しく利用しやすい語注付。　（小森陽一）

続 明暗　水村美苗

もし、あの『明暗』が書き継がれていたとしたら……。漱石の文体そのままに、気鋭の作家が挑んだ話題作。第41回芸術選奨文部大臣新人賞受賞。

今昔物語（日本の古典）　福永武彦訳

平安末期に成り、庶民の喜びと悲しみを今に伝える今昔物語。訳者自身が選んだ155篇の物語は名訳を得て、より身近に蘇る。　（池上洵一）

恋する伊勢物語　俵万智

恋愛のパターンは今も昔も変わらない。恋がいっぱいの歌物語の世界に案内する、ロマンチックでユーモラスな古典エッセイ。　（武藤康史）

百人一首（日本の古典）　鈴木日出男

王朝和歌の精髄、百人一首を第一人者が易しく解説。現代語訳、鑑賞、作者紹介、語句・技法を見開きにコンパクトにまとめた最良の入門書。

樋口一葉 小説集　樋口一葉　菅聡子編

一葉と歩く明治。作品を味わうと共に詳細な脚注・参考図版によって一葉の生きた明治を知ることのできる画期的な文庫版小説集。

尾崎翠集成（上・下）　尾崎翠　中野翠編

鮮烈な作品を残し、若き日に音信を絶った謎の作家・尾崎翠。時間と共に新たな輝きを加えてゆくその文学世界を集成する。

川三部作 泥の河／螢川／道頓堀川　宮本輝

太宰賞「泥の河」、芥川賞「螢川」、そして「道頓堀川」と、川を背景に独自の抒情をこめて創出した、宮本文学の原点をなす三部作。

ちくま文庫

終《お》わりよければすべてよし　シェイクスピア全集33

二〇二一年五月十日　第一刷発行
二〇二四年十一月二十五日　第五刷発行

著者　シェイクスピア
訳者　松岡和子（まつおか・かずこ）
発行者　増田健史
発行所　株式会社 筑摩書房
東京都台東区蔵前二―五―三　〒一一一―八七五五
電話番号　〇三―五六八七―二六〇一（代表）
装幀者　安野光雅
印刷所　中央精版印刷株式会社
製本所　中央精版印刷株式会社

ISBN978-4-480-04533-1 C0197